Gisèle Pineau

Un papillon dans la cité

Éditions Sépia

© Éditions Sépia, 1992 – ISBN 2-907888-13-7

à Willy et Laure

Le facteur n'apporte jamais rien à ma grand-mère. Il passe devant notre case en hochant la tête, puis détourne vivement son regard comme si, réduites à la mendicité, nous attendions qu'il nous fasse l'aumône d'une lettre. De toute façon, ma grand-mère dit qu'elle ne souhaite pas le voir s'arrêter près de chez nous.

— Pas de nouvelles, bonnes nouvelles ! On se porte bien, pas vrai ? depuis le temps qu'on n'a pas reçu même une carte de bonne année, bonne santé ou bonne fête maman !

— Tu dis ça ! tu n'as pas envie de recevoir une petite lettre de France, comme Man Elisia. Elle lui écrit, sa fille.

— Elle lui écrit ! elle lui écrit ! Qu'est-ce que tu connais, toi ? Tu sais ce qu'il y a dans les enveloppes peut-être ! Allez, va chercher de l'eau à la fontaine au lieu de faire la savante !

Ma mère rit sur une photo que ma grand-mère serre dans une boîte à biscuits en fer blanc posée sur une pile de draps bien repassés dans son armoire. Ma mère se prénomme Aurélie. Depuis ma naissance, je vis avec ma grand-mère, madame Julia Benjamin. On l'appelle Man Julia ou Man Ya. Je sais que ma mère est partie un jour en France, sur un gros paquebot blanc. Des fois, Man Ya s'énerve et secoue la tête. Alors, les pensées qui s'agitent derrière les rides de son front se transforment en paroles amères. Aussitôt, je demande au Bondieu de me faire entrer dans la colonie de fourmis pressées qui s'en va entre les lattes disjointes du plancher.

— Elle ne sait pas écrire ! non. Elle n'a pas appris à envoyer un mandat ! Comment je fais, moi, pour te nourrir et t'habiller ? Peut-être même qu'elle est déjà morte, là-bas en France...

Nous habitons Haute-Terre, une étroite commune de la Guadeloupe coincée entre la mer et la montagne. Man Ya y est née, il y a 52 ans. Moi, j'ai 10 ans. Man Ya travaille au hangar à bananes de l'habitation Sainte-Marguerite. Tous les jours, elle se lève à quatre heures du matin pour aller trier, laver et ranger les bananes dans les cartons qui partiront sur l'océan, comme Aurélie, ma mère. Man Ya et moi vivons dans une case en bois partagée en deux pièces.

Je n'ai que ma grand-mère. Elle connaît mon caractère et fait chaque jour de son mieux pour redresser mes travers. Man Ya déclare assez souvent qu'elle aura toujours suffisamment de force pour me corriger si d'aventure j'emprunte une mauvaise route. Bien sûr, elle ne rigole pas tous les jours, mais nous passons ensemble de bons moments lorsqu'elle évoque sa jeunesse, critique ses vieilles ennemies ou applaudit mes récitations. Pourtant, elle n'aime pas me voir rire trop fort. Il paraît que ça peut attirer le malheur dans la case. Elle crie :

— Assez faire du scandale ici-là, bête !

Man Ya raconte aux curieux que ma mère lui envoie chaque mois un gros mandat pour mon éducation. Elle m'a appris à ne pas la contredire quand elle ment à ce sujet. Elle dit :

— Ainsi, personne ne viendra te questionner ou te prendre en pitié. On ne chantera pas partout que ta mère t'a abandonnée. Tu comprends, c'est pour ton bien que j'invente l'histoire du mandat...

Man Ya a changé de figure en réalisant que le facteur, d'un pas enjoué et décidé, venait bien à notre rencontre.

— Mademoiselle Félicie Benjamin? C'est ici ?

— Oui, a simplement répondu Man Ya en attrapant l'enveloppe encadrée de bleu-blanc-rouge qui m'était destinée. Elle a marmonné entre ses dents quelque chose que je n'ai pas compris, et m'a toisée comme si j'avais fait une bêtise plus grosse que ma tête. Elle a déposé mon courrier sur la table de la cuisine et a fait mine de l'ignorer tout le restant de la matinée. En vérité, je sentais son trouble pareil à une personne inquiétante venue nous visiter. A un moment, ma grand-mère s'est assise sur sa berceuse et, les yeux fermés, s'est balancée nerveusement jusqu'à sombrer dans une véritable sieste matinale. Sur la pointe des pieds, prenant garde à ne pas faire crier le vieux plancher, j'ai quitté la galerie. J'espérais, au moins, toucher du bout des doigts l'enveloppe qui m'appelait désespérement depuis la table de la cuisine. J'avançais lentement, mais sûrement. J'apercevais déjà le coin où avait atterri le petit avion bleu, lorsque Man Ya s'est réveillé en sursaut.

— Félicie!!! Où es-tu, ma fi ?... Féfé!!!

C'est après le déjeuner qu'elle m'a demandé d'aller lui chercher la lettre.

— Ouvè-y (1) ! Ne nous cachons plus. Sa ki la pou-w, larivyè pa ka chayè-y... (2)

— Oui, Man Ya.

— Lis d'abord tout ce qui est marqué sur l'enveloppe et ne t'avise pas de profiter de mon ignorance...

Man Ya ne sait pas lire. Elle n'en tire aucune fierté mais se plaît à répéter que le seul fait de déchiffrer des signes sur papier ne veut pas dire intelligence assurée et n'ouvre pas automatiquement les portes de la raison. Elle s'est carrée dans

---

(1) Ouvre-là !
(2) Ce qui t'est destiné, la rivière ne l'emporte pas. Nul n'échappe à son destin.

8

sa berceuse, a chaussé ses lunettes et croisé les jambes. Je n'avais même pas besoin de la regarder pour savoir qu'elle s'était mise à rouler entre ses doigts un coin de son tablier.

— C'est écrit : Mademoiselle Félicie Benjamin. Route de l'Ermitage. Haute-Terre. Guadeloupe.

Man Ya a poussé un soupir désolé et, de la main, m'a encouragé à poursuivre.

La Cité, le 3 juin.

Ma très chère fille,

Je sais d'avance que tu seras étonnée de recevoir de mes nouvelles derrière un si long silence. Je ne pouvais faire autrement. Après des années difficiles, je connais aujourd'hui une vie meilleure. Sache que, depuis mon départ, j'ai pensé à toi chaque jour. Je suis sûre que ta grand-mère t'élève bien et t'aime beaucoup. Mais il est temps maintenant de me rejoindre en France où ta famille t'attend. Je suis mariée et tu as un petit frère de 4 mois.

Une de mes amies sera en Guadeloupe pendant les vacances. Vous repartirez ensemble. Tu peux lui accorder ta confiance.

Ma chère fille, j'espère que cela te fera plaisir de me retrouver.

Je t'embrasse très fort.

Ta maman Aurélie.

Chaque mot prononcé plissait un peu plus le visage de Man Ya, tandis que ses soupirs se transformaient en gémissements. A la fin, elle a crié :

— Ta mère arrache mes deux bras et me vide de mon sang...

Elle m'a tirée à elle, m'a serrée contre ses gros tétés et m'a embrassée longuement.

C'était la première fois que je la voyais en pleurs, alors les larmes se sont mises à couler sur mes joues. Un peu plus tard, s'étant ressaisie, elle m'a demandé si j'avais envie de vivre si loin d'elle. J'ai répondu que ça me plairait de connaître ma mère.

— En plus, Man Ya, je peux pas refuser puisqu'elle a déjà payé le billet, ça fait de l'argent. Elle dit aussi qu'elle pense à moi tous les jours...

— Ingrate ! a craché Man Ya.

Ce terrible qualificatif m'a fait plus mal qu'une sérénade de coups de ceinture. Et puis, elle a ajouté :

— Tu es comme elle, hein ! menm bèt, menm pwèl ! (1) Il te suffit de deux-trois mots enrobés de miel et tu lui donnes l'absolution. Tu oublies ce paquet serré d'années où elle n'a même pas cherché à savoir comment tu te portais ! Allez, allez, vas-y, cours dans ses bras ! Va la retrouver ! Tu n'as pas vu qu'elle me considère

_____

(1) Même bête, mêmes poils. C'est du pareil au même.

10

comme du caca-chien. Pas un mot pour moi. Tu trouves ça normal, Félicie ?

Ce qu'elle a marmonné ensuite entre ses dents s'est perdu dans le brouhaha de ses mouchages répétés. Nos larmes se sont mêlées jusqu'au soir.

Les jours ont passé. Longs, longs, longs. Parce qu'il me fallait contrôler sévèrement les sujets de conversation, afin d'éviter les gaffes et surtout, rayer de mon vocabulaire courant certains mots douloureux tels que : départ, avion, maman, lettre, voyage, partir, aller... Man Ya était toute douce avec moi, même à mes moments de pire étourderie. Elle disait :

— Profite de tes vacances, Féfé. Profite. Tu ne sais pas de quoi sera fait demain.

Nous vivions en apparence comme avant la lettre, mais nos journées se traînaient dans l'attente. Attendre sans le montrer. Attendre l'amie de maman. Attendre que quelque chose se passe pour secouer et délivrer le temps enfermé dans cette attente, comme le génie prisonnier de la lampe merveilleuse. Tout le mois de juillet a été sacrifié à cette infernale attente. Man Ya priait avec une ferveur multipliée pour que la dame ne trouve jamais le chemin de Haute-Terre et aille se perdre, pour l'éternité, dans les bois environnants. Elle mettait des bougies à l'église et s'agenouillait de grands moments au pied de la Sainte Famille de plâtre. Le soir, elle se réveillait en sursaut, me cherchait dans le lit en tapotant les draps à l'aveuglette.

— Tu es là, Féfé ? Viens plus près de moi. Viens réchauffer mes vieux os.

— Je suis là, Man Ya. Je vais juste faire un p'tit pipi.

— Ne me quitte pas, doudou. Approche le seau. Tu es là...

— Oui, je suis là. T'en fais pas, je partirai pas sans te dire au revoir.

Alors, elle se rendormait, son bras m'enlaçant étroitement comme dans une prise infaillible au karaté. Je me retrouvais, coincée, le nez niché dans son aisselle odorante. Nous étions des sœurs siamoises. Sa respiration résonnait en moi ainsi que chacun des remous de son gros ventre agité de gaz sonores.

Ma meilleure amie s'appelle Laurine. C'est aussi notre voisine car nous partageons la même cour. Son père, Robert, est le plus fameux pêcheur de Haute-Terre. On vient de loin, même de Pointe-à-Pitre pour acheter son poisson de nasses. Man Justine, ou Titi, la maman de Laurine, montre toujours ses dents quand sa bouche se fend en un sourire. Titi est plus douce que le sorbet coco qu'elle vend le samedi après-midi devant le stade municipal. Titi ne crie jamais, elle semble ménager sa voix qui ne sait que murmurer comme bâillonnée dans une convalescence éternelle. Rien à voir avec Max, le grand frère de Laurine. Monsieur est un rara (1) international dans la peau d'un chasseur de crabes professionnel qui se voit en rêve remporter le tour de la Guadeloupe à bicyclette.

Tous les beaux matins, après mes petites corvées (vaisselle, balayage, remplissage des seaux d'eau), Laurine m'appelle jusqu'à ce que Man Ya accepte de me laisser partir. Man Ya n'aime pas me savoir loin de son regard. Elle a toujours mille et une recommandations à énumérer pesamment avant que je ne file.

— Ne va pas chez les gens que tu ne connais pas ! Ne joue pas avec les garçons qui regardent sous les robes des filles ! T'as compris... Ne va pas loin-loin où tu pourrais pas entendre ma voix, et patati et patata...

C'est comme une chanson à la mode qui sort de la radio toutes les demi-heures. On en retient la musique, mais les paroles glissent d'une oreille à l'autre. Elles s'envolent et vont se perdre, au-delà de la savane, dans les grandes oreilles des mornes verts habités par les esprits de quelque nèg-mawon (2). On dit qu'après le coucher du soleil, ceux-ci dansent et chantent au son d'un zouk (3) endiablé qui fait concurrence aux ka (4) d'antan.

---

(1) Rara : crécelle, moulin à paroles.
(2) Nèg-mawon : du temps de l'esclavage, les nègres en fuite.
(3) Zouk : musique ou surprise-partie.
(4) Ka : tambour.

Je l'aime de tout mon cœur, ma bonne Man Ya, mais quand elle commence à radoter, j'ai envie de siffloter. Pour couper court à ses litanies, je me suis exclamée :

— Tu as parlé dans ton sommeil !

— Ah bon ! tu étais réveillée, toi. Et qu'est-ce que j'ai dit d'intéressant ?

— Tu as dit : Mauvaise mère, mauvaise fille ! Pas l'avion, Jésus, pas l'avion !... Après, tu as pris ma main dans la tienne.

— Assez dire des bêtises là ! C'est toi qui as rêvé.

— Je ne mens pas.

— Allez, allez, va jouer, Félicie. Et reviens avant midi, sinon !

Man Ya est restée plantée sur le pas de sa porte. Longtemps j'ai senti son regard dans mon dos. Depuis la lettre, elle ne cesse de m'observer. Elle me caresse souvent, un peu machinalement, comme quand elle lisse sa jupe plisée du dimanche. Je crois bien qu'elle m'aime encore plus qu'elle ne le dit. Elle m'appelle souvent : bête, diablesse, insignifiante. Mais ses nuits sont peuplées de cauchemars qui la font trembler dans son sommeil. Man Ya attend la dame qui doit m'enlever à elle.

A la mi-août, ne voyant toujours pas arriver l'amie de ma mère, Man Ya a commencé à croire en la pleine efficience de ses nombreuses prières. Des fois, je la trouve en train de sourire bêtement.

Ses petits yeux pétillent. Elle dit :

— Les vacances sont bientôt finies, ma belle. Plus personne ne viendra te chercher — elle rit — Je connais ta mère mieux qu'elle-même. Pas sérieuse pour un sou ! Tu te voyais déjà dans l'avion, hein ! De toute façon, ne sois pas triste, tu ne sais pas ce qui t'attendait vraiment là-bas. Assieds-toi près de moi, là, et dis-moi une petite récitation.

J'ai pleuré hier soir. Dans ma tête, j'avais déjà pris au moins mille fois l'avion. J'avais même imaginé nos retrouvailles. Oui, ma mère s'était moqué de moi. Man Ya raconte déjà à tout le monde que je ne pars plus en France. Devant les gens, elle me donne des petites tapes de consolation sur la tête et rit doucement de ma déception. Elle a plein de projets pour nous deux.

— Tu as beaucoup grandi pendant les vacances, doudou, Toutes tes robes sont trop courtes. Viens un peu par ici que je prenne tes mesures.

— Oui, Man Ya.

— Tu as de la chance, tu sais. Tu vas retrouver tes camarades d'école et rester à Haute-Terre.

— Oui, Man Ya.

— Dis-moi, qu'est-ce que tu serais allée chercher là-bas avec ta mère qui ne s'est jamais intéressée à toi ? Qu'est-ce que tu aurais bien pu faire dans la froidure de la France ? Y'a même des gens qui meurent de froid, comprends !

— Elle en est pas morte, ma mère !

— Elle est pas morte, elle est pas morte...
Assez d'impertinence ! Eh ben, c'est moi qui te le
dis et tu pourras aller lui répéter, si tu la rencon-
tres un jour. Écoute ! pendant dix ans, elle était
morte et elle vient tout juste de ressusciter pour
nous empoisonner l'existence !

C'est la guerre des prières. Dimanche, de toutes mes forces, j'ai demandé au Bondieu de faire
venir la dame en urgence.

Elle s'est présentée alors qu'on n'y croyait
plus. L'idée du voyage sortait petit à petit de ma
tête comme un de ces rêves qui a la figure de la
réalité dans le sommeil et qui se dégonfle misérablement au lever du jour. Man Ya, quant à elle,
avait retrouvé sa tranquille sérénité. La dame a
déposé une valise marron au mitan de la cuisine.
Elle a souri largement à la ronde et puis nous a
embrassées comme de vieilles connaissances. Du
revers de la main, Man Ya a essuyé ostensible-
ment sa joue.

— Aurélie m'a tant parlé de vous.

— Ah oui, à quel sujet ? a demandé Man Ya,
la bouche en biais.

— Elle vous aime beaucoup.

— Vous êtes venue prendre Félicie ?

— Je ne l'emmène pas aujourd'hui. Nous par-
tirons la semaine prochaine. Mardi. Je suis juste
passée pour vous apporter la valise et vous donner
la date de son départ.

16

Les paroles fusaient, vives et sifflantes, pareilles à des flèches. La dame ne se laissait pas intimider par la vieille femme revêche qui avait sauté dans la peau de ma douce grand-mère.

— Vous avez le billet là ?

Il lui fallait voir pour croire, comme Saint Thomas.

— Non, il est chez ma mère, à Pointe-à-Pitre. Vous pouvez me faire confiance. Vous savez, je suis une vieille amie d'Aurélie. On se connaît depuis bien... Le nez en l'air, elle a fait mine de rassembler les années d'amitié... Oui, sept ans !

— Vous en avez de la chance ! Man Ya souriait. Au vol, elle venait d'intercepter une des petites fléchettes de son adversaire qu'elle a brisée comme un bois d'allumette.

— C'est un privilège en vérité... Nous n'avons pas eu de ses nouvelles depuis... dix ans, bien comptés.

Man Ya s'est levée sur ce point marqué. C'était le signal du départ. Elle a tendu la main, loin devant elle, pour parer au baiser d'au revoir.

— Bon, je ne m'attarderai pas davantage. Mon frère m'attend dans la voiture. Il doit cuire au soleil. Il y avait un petit rire dans la voix de l'amie de maman.

— Ouais, adieu ! a maugréé Man Ya qui, au moment même où la dame tournait les talons, poussait la valise de la pointe du pied, un air de profond dégoût tordant son visage. Elle jurait tout bas pour donner des munitions à sa colère, mais en vérité, elle était atterrée. Avec la visite de cette femme, en chair et en os, mon départ avait subitement pris corps, était devenu vivant, respirait et, ainsi qu'un ballon monstrueux, grossissait inéluctablement dans la petite cuisine en bois. Je n'osais plus parler, dire les mots de tous les jours, ou même lever un doigt pour le percer. Heureusement, en se lâchant dans la berceuse, Man Ya — déjà vaincue — a laissé échapper un pet involontaire mais bien sonore, pof ! Comme par miracle, au même instant le ballon a éclaté, lui aussi, pof !

Toute la semaine, Man Ya a rangé mes affaires et cousu tard le soir. «Pour que tu sois présentable et qu'on dise pas que tu marchais avec des hardes sur le dos dans les rues de Haute-Terre». Elle m'a confectionné trois belles robes, deux jupes et deux corsages. Souvent, elle mâchonnait pour elle-même des bouts de mots que je ne comprenais pas. La nuit, le sommeil ne voulait pas d'elle. Man Ya parlait, parlait, et ses paroles coulaient, légères comme les eaux de la rivière Carambole. Man Ya m'aime.

Mardi.

Ma valise est bouclée depuis hier soir. J'ai déjà dit adieu à tous mes amis et surtout à Laurine, Max, et leurs parents. Man Justine m'a serrée si fort dans ses bras que j'avais l'impression d'être un soldat qui s'en allait en guerre.

18

L'amie de maman est venue me chercher cet après-midi, à trois heures. Nous quitterons la Guadeloupe à huit heures ce soir. Cette fois, Man Ya ne s'est pas laissée accoster. Elle est restée dans la cour, assise sous le gros manguier. Le matin, la pluie complice et providentielle avait fait de la cour une patinoire boueuse qui lui servait de rempart.

— N'approchez pas, madame ! attention... vous allez glisser dans la boue, salir vos beaux souliers. Je viens, je viens.

Elle n'est jamais venue. La dame était pressée. Au regard qu'elle m'a lancé, j'ai compris qu'elle lisait clairement dans le jeu de Man Ya.

— Allez, va lui dire au revoir, Félicie. Embrasse-la de ma part. Elle a de la peine, mais je n'y suis pour rien.

D'un air dégagé, elle a passé ses doigts, aux longs ongles rouges, dans ses courts cheveux défrisés magnifiquement ondulés. Elle était belle.

Man Ya, la tête baissée, écossait des pois-canne.

— Je dois partir maintenant, Man Ya. La dame m'attend. Au revoir.

J'étais un peu empruntée. Je me tenais raide devant elle au lieu de me jeter dans ses bras. Tout ça, parce que je ne voulais pas pleurer.

Man Ya a relevé la tête, m'a regardée de bas en haut, puis a déclaré, d'un ton prophétique :

— Pars ! je sais que tu reviendras. La dame

t'attend, va. Embrasse-moi et oublie-moi. Oublie ta vie de misère avec moi, mais surtout n'oublie jamais la bonne éducation que tu as reçue ici.

— Oui, Man Ya.

Je l'ai embrassée de toutes mes forces. Mes lèvres faisaient comme des ventouses sur ses joues chaudes et humides.

J'ai retenu mes larmes jusqu'au sentier qui débouche sur la route nationale. La dame avait pris ma main et me tirait un peu.

— Ta valise est trop lourde, Félicie. Qu'est-ce qu'elle a mis là-dedans, ta grand-mère ?

— Mon linge, madame, et aussi mes cahiers, et puis des ignames et des patates douces, et un p'tit fruit à pain, je crois.

— Ta grand-mère est une vieille folle. Tu seras obligée d'abandonner tout ça chez ma mère. Et cesse de m'appeler madame. Mon nom, c'est Marie-Claire.

— Ma grand-mère n'est pas folle.

— Te fâche pas, Félicie. J'ai dit ça pour plaisanter. Tiens, regarde, c'est la voiture de mon frère. Bon maintenant, direction Pointe-à-Pitre.

Dès que les portières ont claqué, la voiture a bondi. Le frère conduisait vite. A tous moments, les pneus criaient et j'avais l'impression que les virages venaient au-devant de nous à 200 km/h. J'étais obligée de m'accrocher désespérément au siège pour garder mon équilibre. Le paysage défilait, les traits déformés. Assise à la place du mort, Marie-Claire lui a raconté que j'avais des ignames, patates douces et compagnie dans ma valise. Aussitôt, il s'est couché sur le volant pour rigoler, le pied toujours bien appuyé sur la pédale d'accélérateur. Il riait fort, comme moi. Si Man Ya l'avait entendu, elle aurait dit : «Assez faire du scandale là !»

Quand nous sommes arrivés à Pointe-à-Pitre, Marie-Claire a encore raconté l'histoire de la valise. Alors, toute sa famille s'est pliée de rire en se tapant les cuisses. C'est la première fois que je me trouve séparée de Man Ya. En fermant les yeux, je la vois, prostrée dans sa berceuse, en train de rouler un coin de son tablier, marmonnant ses paroles intérieures. Son esprit, j'en suis sûre, devait rôder au Raizet, alentour des avions de l'aéroport.

— Alors, tu es contente d'aller retrouver ta petite mère, fille ? La maman de Marie-Claire me tourne autour en posant et ficelant tout un paquet de questions. Alors tu es contente de prendre l'avion ? Tu n'auras pas peur, tu crois ? T'as envie d'y aller en France ?

— Je ne sais pas, madame.

— Tiens, prends un morceau de gâteau, c'est de ma fabrication. Allez, mange, il va pas te rester sur l'estomac, j'te dis.

— Merci, madame. Depuis mon arrivée, en début d'après-midi, je suis assise à la même place. Mes fesses endolories me picotent. J'ai hâte de quitter cette maison. Marie-Claire devait, soi-disant, revenir tout de suite et il me semble que cela fait des heures et des heures qu'elle est partie.

A son retour, elle est survoltée. Elle s'agite comme un moustique. Il faut faire vite. On va rater l'avion. Oh là là ! Les valises, les sacs, vite ! On n'arrivera jamais à temps. Et puis, d'un seul coup, elle a tout lâché et s'est mise à pleurer. Sa mère l'a embrassée et doucement lui a essuyé les yeux.

— Je peux pas croire que je pars déjà, maman. Cette nouvelle séparation me démollit, dit-elle en hoquetant.

Pleine de compassion, la mère s'est mise à lui caresser les cheveux ce que Marie-Claire n'a pas apprécié du tout. Elle s'est vivement dégagée :

— Arrête, tu me décoiffes ! La belle s'est plantée devant un grand miroir s'appliquant à rétablir le fragile édifice de sa chevelure. Puis son sourire lui est revenu :

— Allons, Félicie ! Il faut te réveiller un peu ! Redresse tes nattes et remonte tes chaussettes ! Nous partons.

Tout le monde s'est embrassé une dernière fois. Le frère a entassé les bagages dans le coffre de son bolide et nous avons embarqué. C'était terrible d'imaginer que je roulais vers mon destin. Je commençais à réaliser que mon nom était vraiment inscrit sur une liste de passagers. Je devais monter dans l'avion. J'étais condamnée à grimper cet escalier étroit ouvert, là-bas sur la piste, comme une grande gueule qui avalerait les humains pour le compte du ventre énorme de l'avion. J'étais comme une somnambule, mon corps marchait vers l'avion, mais mon esprit était loin, loin. Marie-Claire cavalait devant moi. De temps en temps, elle se retournait et me criait :

— Qu'est-ce que tu fais comme ça ! Dépêche, on est les dernières ! Elle piaffait comme le vieux cheval du Père Maury.

Quand j'ai repris mes esprits, j'étais assise et ceinturée. Dans l'avion, les hôtesses habillées en bleu comme les policiers municipaux de Haute-Terre allaient et venaient entre les sièges. Leurs lèvres étaient du même rouge que celles de Marie-Claire, mais elles avaient la peau blanche et les cheveux blonds ou châtains. Marie-Claire a sorti un journal et s'est mise à lire. Il faisait nuit. Man Ya devait dormir depuis longtemps déjà. L'avion a glissé doucement sur la piste avant d'être pris d'un hoquet suivi d'une quinte de toux. Je me suis agrippée aux bras de mon siège et j'ai fermé les yeux. Je sentais que le fameux gâteau commençait à remonter. J'ai serré les dents et pincé ma bouche. D'un coup, l'avion s'est arraché au sol et a foncé dans les nuages. Par le hublot, une tranche de mon pays tout piqueté de lumière, pareil à un ciel étoilé, rapetissait, rapetissait.

Après le dîner, Marie-Claire a précisé à une hôtesse que je n'étais pas sa fille. Puis, elle lui a demandé des couvertures et m'a dit de dormir. J'ai gardé longtemps les yeux ouverts dans l'obscurité. Dormir en plein ciel ! Même les oiseaux ne le faisaient pas. Ils cherchaient une branche quelconque où poser leur carcasse. Et moi qui ne sais que marcher sur mes deux jambes, je devais dormir, oublier que l'avion volait au-dessus de l'Atlantique en fendant les nuages. De toute façon, le sommeil n'aurait pas voulu de moi. Les pensées s'agitaient dans ma tête. J'essayais de redessiner le visage de ma mère. J'inventais aussi son mari, lui faisant des moustaches, un bon sourire et deux bras vigoureux pour m'accueillir. Je voyais même le bébé, mon petit frère, dans son berceau tout blanc-tout bleu, une goutte de lait en suspens sur son menton. Hier soir, Man Ya a sorti de sa boîte à biscuits, où elle range ses papiers importants, une photo jaunie, écornée, au bord dentelé. Cette photo, qui date de dix ans, je l'ai vue des centaines de fois. Surtout en cachette de Man Ya. Ma mère est d'une grande beauté... je crois, sans vanité, que je lui ressemble un peu. Son visage irradie la joie de vivre. Elle tient un chapeau à la main et sa robe, soufflée par le vent, enveloppe ses cuisses effilées. Elle avait vingt ans là, a commenté ma grand-mère. Je ne l'ai plus vue sourire après.

— Tu crois qu'elle est toujours aussi belle, dis.

— Je ne sais pas. Qui le sait ? Tu n'auras qu'à demander à son amie. Tu pourras l'examiner sous toutes les coutures quand tu vivras près d'elle. Allez, Féfé, pour la dernière fois, prends la pommade dans le tiroir et viens frotter mes jambes.

— Oui, Man Ya.

— Ce soir, dis-moi en vérité... Est-ce que moi, ta grand-mère, je t'ai fait voir de la misère ?

— Ah non ! Je n'ai jamais vu de misère avec toi... Je ne sais même pas de quelle couleur elle est, la misère !

— T'es une coquine, Féfé.

Cela fait cinq heures que nous volons. Marie-Claire a ouvert un œil et s'est remise à la lecture.

— Elle est belle, ma mère ?

— Quoi !

— Rien, on arrive bientôt ?

— Oui, mais t'as quand même le temps le temps de faire un somme. Ferme les yeux et dors !

— Oui, madame.

— Eh ben, dors !

J'ai fermé les yeux parce que je sentais son regard tourné vers moi. D'un coup, il a fait plus froid dans l'avion. J'ai remonté la couverture, entrebâillé une paupière et j'ai vu Marie-Claire qui croisait des mots dans son journal. Derrière le hublot, le ciel était noir.

— II —

Quand j'ai posé précautionneusement un pied puis l'autre sur le sol de France, je n'étais pas moins émue que le premier homme piéton sur la lune. Marie-Claire m'a donné une petite bourrade et j'ai avancé comme un automate. Malgré le chandail que j'avais enfilé avant de sortir de l'avion, le froid est tombé sur moi avec la même férocité qu'un cyclone jaloux de la quiétude d'une petite île des Caraïbes. Autour de moi, les gens se pressaient, un masque de clown triste jeté sur la figure. Je m'attendais à voir davantage de Blancs mais, à première vue, il n'y en avait pas plus qu'en Guadeloupe. Marie-Claire paraissait contente d'être de retour. Elle promenait son regard dans la foule, avec l'air dégagé et confiant de quelqu'un qui, au terme d'un long voyage, se retrouve dans la rue de son enfance, reconnaît des visages amis et aperçoit, droit devant lui, la maison de ses parents. Tranquille, elle m'a laissée devant des cabines téléphoniques, me disant de ne pas bouger, qu'elle revenait tout de suite. J'avais l'impression que tout le monde me regardait d'un air soupçonneux, à la façon de l'homme du pays qui regarde un étranger. Pour me donner une contenance, j'ai suivi des yeux Marie-Claire, aussi loin que j'ai pu, me demandant si elle aurait été capable de m'abandonner là, sans autre forme de procès, comme une valise oubliée. Ma gorge s'est serrée. J'en étais à ce point de mes réflexions quand elle est revenue. Avec un monsieur. Elle faisait de grands gestes en parlant. Puis, d'un seul coup, elle a pointé son index dans ma direction.

— Ta maman n'a pas pu venir. A cause du bébé. Dis bonjour, Félicie. C'est ton nouveau papa.

— Bonjour monsieur.

Mon nouveau papa ! A croire que j'en avais eu un ancien et qu'on venait tout juste de le remplacer. Petit pour un homme, plus noir que Man Ya, un peu maigre, il n'avait pas beaucoup de cheveux, pas les moustaches que j'avais imaginées. Il m'a dévisagée, s'est baissé et m'a embrassée sur les joues. Son parfum s'est enroulé autour de mes oreilles et puis s'est enfilé dans mes narines avant de disparaître, zigzaguant entre les gens qui attendaient leurs bagages. Ce n'était pas un parfum provenant d'un quelconque flacon d'eau de Cologne. On retrouvait un peu de l'odeur forte de la noix de muscade mélangée à l'arôme d'un café tout frais coulé et à la senteur des terres humides qui bordent les rivières. Au bout d'un moment, il a lâché une main sur mon épaule, m'a souri longuement avant de déclarer :

— On va bien s'entendre tous ensemble, tu vas voir !

— Oui, monsieur.

— Dis : papa Jo.

Est-ce qu'un jour je pourrai dire : papa Jo, sans que ma bouche s'emplisse de tous ces petits cailloux qui roulaient maintenant entre le papa et le Jo ?

Le mari de maman possède une deux-chevaux du même modèle et de la même couleur que celle de monsieur l'abbé de Haute-Terre. Assise toute seule à l'arrière, au milieu des valises et des sacs, les yeux écarquillés à suivre la fuite des hautes façades derrière la vitre, je me demandais ce que je fichais là. Papa Jo et Marie-Claire m'avaient complètement oubliée. Comme on donne à manger des bouts de pain à un chien affamé qui ne sera jamais repu tant qu'il n'aura pas vu les deux mains vides de son bienfaiteur, Marie-Claire répondait de bonne grâce aux questions pressantes, pleines d'avidité, de papa Jo. Il voulait tout connaître de sa Guadeloupe chérie :

— Cinq ans, oui. Cinq ans que j'y ai pas mis les pieds... A pa jé (1) ! Est-ce que tel endroit est

_____
(1) A pa jé : c'est pas de la blague.

toujours pareil ? Ah bon, on a construit une nouvelle mairie ! L'autoroute ! tu dis bien : l'autoroute ! qui coupe ce morne à vaches et cette rivière où j'allais, antan, poser mes nasses à wasou (1) !

Et puis encore :

— Pas vrai ! Man Unetelle est décédée depuis l'année passée ! Mésyé, mésyé, mésyé ! (2) Ils ont fermé l'usine Richemasse ! Malgré tant de cannes qu'on broyait là ! et la distillerie !... en faillite !... Et ceci, et cela, et tel endroit et telle personne ? De temps à autre, il quittait la route des yeux et jetait un coup d'œil à son informatrice comme pour lire sur son visage la véracité de ses dires. Marie-Claire regardait droit devant elle, laissant parfois échapper un grand rire escorté de ses longues mains aux ongles rouges vernis qui battaient ainsi que les ailes d'un oiseau au décollage. Dehors, tout était gris. Les gens couraient dans les rues entre les immeubles. Et les voitures, pareilles à des fourmis sur un chantier, allaient en tous sens, innombrables.

Papa Jo s'est arrêté devant une immense mosaïque, c'était un des murs de l'immeuble où habitait Marie-Claire.

— Je ne monte pas, Marie-Claire. Aurélie attend sa fille.

(1) Wasou : écrevisse.
(2) Mésyé : mes aïeux.

30

Marie-Claire a jeté un petit coup d'œil à ses bagages et papa Jo est descendu de voiture.

— J'te les mets devant l'ascenseur... ça ira ?

— T'as peur d'te faire engueuler, a dit Marie-Claire en riant sur le trottoir. En volutes, une fumée blanche sortait de son rire.

— Engueuler !... Qui ? moi ! a répondu papa Jo en cherchant mon regard. Mais j'avais déjà baissé les yeux.

— Allez, fais-moi un bisou, Félicie. On se reverra bientôt, t'inquiète pas.

Quand elle a claqué la portière, des bouts d'air glacé sont venus se poser sur ma valise, puis ont glissé dans mon cou, comme un serpent. J'ai frissonné.

— Nous ne sommes plus très loin, a dit papa Jo. Tu verras, comme on fera une belle famille ! Tu es gentille, j'espère. Parce que ta maman t'attend depuis tant d'années. Elle t'aime beaucoup, tu sais.

— Oui... papa Jo.

Dans ma tête, les «papa Jo» filaient aussi vite que des autos sur une route lisse, mais dès qu'il fallait passer le pont qui transformait les pensées en paroles, les petits cailloux m'emplissaient de nouveau la bouche.

— Voilà, nous sommes arrivés.

Il s'est garé face à un grand bâtiment gris, frère jumeau d'une ribambelle au garde-à-vous devant une longue route et des parkings.

— C'est le nôtre, le 3. Mets ce chiffre dans ta tête, Félicie. 3.3.3. Escalier B.B.B. C'est facile, hein ! Bâtiment 3, escalier B...

J'aurais dû prévoir que maman habitait dans un immeuble. Ceux qui parlaient de la France disaient que là-bas, les gens vivaient dans des kalòj (1) à poules. Peut-être à cause de sa lettre où elle m'avait fait miroiter sa «vie meilleure», j'avais imaginé une vraie maison, du genre de celles photographiées dans Maisons Françaises que Titi achetait une ou deux fois l'an pour se donner des idées de décoration... une vraie maison avec cheminée, toit de tuile, fleurs au balcon, petite allée tapissée de gravillons.

— Tiens, regarde là-haut, la vitre au rideau madras... Compte en partant du premier étage. Il me tenait le cou. Tu vas jusqu'à 10. Bon, maintenant... compte cinq fenêtres en partant de la gauche. Tu vois !... c'est notre maison ! T'es contente !

J'ai dit oui parce qu'il avait l'air vraiment content lui-même.

— Oui, papa Jo.

Mais, tout en haut de l'immeuble, dans les nuages, il y avait le visage de Man Ya, sa bouche souriant de biais qui disait :

— Drôle de maison ! C'est ça la vie en France ! Eh ben, je préfère encore rester dans ma

---

(1) Kalòj : poulailler.

vieille case, les deux pieds sur la terre ferme plutôt que de monter au ciel de mon vivant !

Dans l'entrée, les boîtes aux lettres, aux portes à moitié arrachées, rouillées et cabossées, pendaient misérablement semblables à de vieilles langues de masques de carnaval. Sur les murs jaunâtres, des peintres avaient essuyé leur palette, barbouillé un peu, et noté leur numéro de téléphone.

— C'sont les jeunes qui font ça ! a expliqué papa Jo en me poussant dans l'ascenseur sans lumière.

Il a appuyé plusieurs fois sur un bouton dégoûtant. Sans résultat. Il a attendu, les yeux au plafond. Il a recommencé. A attendu. Puis a donné un coup de poing.

— Cet ascenseur est vraiment emm... J'ai pas envie d'me taper les dix étages avec ta valise sur le dos.

Il a ri. Alors, d'un seul coup, l'ascenseur s'est ébroué et puis a décollé dans un ricanement de tôle froissée. Je me suis agrippée à ma valise. Après un long moment — passé, lui à me sourire gentiment, moi à baisser la tête, lui réconforté par le bruit infernal, moi inquiète, me demandant pourquoi les numéros 3, 6 et 7 ne s'étaient pas allumés ? Est-ce que l'ascenseur allait obéir à papa Jo et stopper au 10ème étage ? — les portes se sont ouvertes dans un fracas miraculeux.

— Sors vite, Félicie ! ou tu vas rester coincee.

Mon cœur battait fort. Le numéro 1035 sautillait devant mes yeux. Papa Jo cherchait sa clé. Et maman était derrière la porte. J'ai à peine eu le temps de voir son visage que j'étais déjà dans ses bras, tout contre sa poitrine, respirant son odeur de lait. Elle s'était jetée sur moi, à la façon d'une personne assoiffée qui tombe à genoux, la bouche ouverte, sous une source d'eau pure. Puis, me tenant à bout de bras, elle m'a regardée de bas en haut.

— T'es grande !

— Maman, tu es la même que sur la photo !

— Ah oui ! quelle photo ? Sa voix s'était subitement durcie. Oh ! vous avez oublié de mettre les patins ! Jo, t'exagères ! J'me tue à faire le ménage !... Parlez moins fort maintenant ou vous allez réveiller Mimi. Elle m'a envoyé un petit sourire et puis s'en est allée vers la cuisine en glissant silencieusement sur le linoléum noir et blanc qui brillait comme un immense damier verni. Papa Jo m'a montré des piles de patins rangés derrière la porte d'entrée et, pour la première fois de ma vie, je me suis exercée au patinage de salon.

La maison de maman est muette comme une église vide. Il y a des marquises en porcelaine qui paradent en s'éventant sur un grand buffet en formica, une table rectangulaire encadrée par quatre chaises aux sièges recouverts d'un velours rouge éclatant, et des tableaux ouvrant sur des paysages

immobiles qui regardent d'un air absent les plan-
tes vertes et grasses alignées sur le sol.

— Viens voir ta chambre, Félicie, il parlait à
voix basse. Ça fait un an qu'elle est prête, avec
couvre-lit fleuri et tout. Mais, je t'avertis — il a
levé un index menaçant —, ta maman n'aime pas
le désordre, la malpropreté, le bruit et compagnie.

On venait à peine d'entendre un imperceptible
grognement que maman s'était déjà précipitée sur
ses patins jusqu'à la chambre du bébé.

— Ça y est, vous l'avez réveillé !

— Mais non, Lili...

— Mais si, Jo !

Papa Jo a pris le bébé dans ses bras, l'a bercé
un peu, et me l'a tendu, comme un cadeau vivant.

— C'est ton p'tit frère Michel... T'as peur des
bébés ?

— Il est si petit...

— Allez, prends-le ! Faut t'habituer ! a dit
maman. Mimi, Mimi, Michounet ! Regarde qui
est là. C'est ta grande sœur. C'est Fé-li-cie !
Michou, Mimi...

Les yeux de maman brillaient tandis qu'elle
caressait et murmurait des mots doux à son Mimi.
Est-ce qu'elle m'avait témoigné le même amour
avant de me quitter dix ans plus tôt ? Je venais de
réapparaître dans sa vie et elle m'avait accordé
moins d'attention qu'à son Mimi qu'elle voyait à
chaque instant depuis quatre grands mois.

Après le déjeuner, c'est moi qui ai donné son biberon à Michel. Maman s'est assise à côté de moi. Alors, elle s'est mise à parler, comme si elle se parlait à elle-même... Ça fait si longtemps que j'attends ce moment. J'arrive pas à croire que vous soyez enfin réunis. Après tant d'années. Je pouvais pas prendre Félicie avant. Tout le monde peut comprendre ça... Mais maintenant, on est réunis. Pour toujours.

Cela fait une semaine que je vis à la Cité, bâtiment 3, escalier B, porte 1035. Finalement, on respire bien au 10ème étage. A condition, de ne pas penser à la hauteur par rapport au sol et de ne pas regarder à tout moment par la fenêtre. Des fois, j'ai l'impression d'être toujours dans l'avion, en suspens entre ciel et terre.

Ouf ! j'arrive à l'appeler «papa Jo» sans me forcer. J'ai craché tous les petits cailloux. J'ai rien à dire : il est vraiment gentil. Et Mimi, c'est pareil. Un ange tombé du ciel comme dit maman. Maman... c'est autre chose. Maman n'est pas une personne carrée, comme Man Ya, qui sait différencier le blanc du noir et le jour de la nuit. Parfois, elle est plus douce que Titi, la maman de Laurine, elle me serre contre elle à m'étouffer et me couvre de baisers. Des fois, je la sens plus nerveuse qu'un crabe pris au piège dans une barrique. Elle glisse d'une pièce à l'autre sur les patins. Je ne l'entends jamais arriver, mais dès que je lève la tête, je rencontre ses yeux froids braqués sur moi. Je ne m'inquiète pas trop parce qu'elle fait pareil avec papa Jo. Maman, c'est une personne d'humeur changeante. Elle passe de la gaieté à la tristesse en moins de deux. Et vaut mieux se taire ! C'est la méthode de papa Jo. Je crois que ça marche.

Oui, mon nouveau papa est gentil. C'est lui qui m'a fait visiter toute la Cité. Du bâtiment 1 au bâtiment 10. Il paraît qu'à partir du 7, c'est pire. Y'a des voyous qui volent les vieilles dames, fument de la drogue, et jouent du couteau entre eux.

— Va jamais par là toute seule, Félicie, tu m'promets...

— Oui, papa Jo.

Quand l'école a commencé, il m'a accompagnée à pied le premier jour, le deuxième jour, et puis m'a dit : Maintenant tu connais le chemin. Tu peux te débrouiller toute seule. Mais va pas vers le 7 et les autres !

Dans la Cité, il y a un libre-service — tout le monde l'appelle «chez l'arabe». Dès que maman prend son porte-monnaie, j'enfile mon manteau. Il lui manque toujours quelque chose pour finir son repas.

— Traîne pas et compte tes sous, Félicie !

J'entre dans l'ascenseur sans lumière. J'appuie sur le bouton crasseux. Je donne deux-trois coups de poings à la manière de papa Jo. Je monte et je descends comme une vieille habituée. Quand je fais des courses, je garde 10 ou 20 centimes. Maman vérifie pourtant sa monnaie mais ne remarque rien. Avec cet argent, j'achète des timbres et j'écris à Man Ya. J'en dis rien à maman parce qu'à chaque fois que je prononce le nom de ma grand-mère ou que je parle de la Guadeloupe, elle se ferme comme une maison à l'approche d'un cyclone et reste des heures à me regarder par en dessous. Papa Jo m'a prise à part, un jour. Il m'a presque suppliée de ne plus en parler. Alors, c'est mon secret. Man Ya ne sait ni lire ni écrire, mais je fais confiance à Laurine. Avant de partir, je lui ai expliqué le travail : lire la Bible, mes lettres et le France-Antilles du samedi, répondre à mon courrier. Grâce à elle, je sais que Man Ya se porte bien. Souvent, je la vois en songe, installée dans sa berceuse, attentive à la lecture de Laurine, réajustant ses lunettes qui ont la fâcheuse tendance de glisser au bout de son nez.

J'ai des copains et des copines à l'école. Ils sont tous perchés, comme moi dans les maisons hautes de la Cité. Ils sont français, maghrébins, antillais, africains. Les accents se mélangent, les couleurs aussi. Je suis en CM2 cette année. La maîtresse, madame Dupuis, fait un sermon tous les jours :

— Le niveau est faible, les enfants. Vous êtes déjà défavorisés. Il faut travailler plus que les autres, sinon vous ne réussirez à rien dans la vie. L'année prochaine, vous allez apprendre l'anglais alors que le français est toujours un mystère pour vous autres ! Qu'allons-nous faire de vous ? Tandis qu'elle secoue la tête, comme si elle essayait de décrocher toute l'impuissance qui s'agrippait à ses boucles blondes, la bouche ouverte, des élèves jaugent cette montagne qu'elle leur présente quotidiennement et au sommet de laquelle, jambes croisées l'*Anglais* leur envoie des petits *hello baby !* D'autres, lassés par le sermon, bâillent sur le «niveau faible», les «défavorisés» et l'impossible «travailler plus que les autres !». Certains, encore, se prennent à imaginer ce que les «nous» feront d'«eux» : de la chair à saucisse, du boudin noir, du papier WC ou tout simplement les renvoyer dans ces pays lointains qui ressemblent à leur couleur.

Mon copain préféré s'appelle Mohamed Ben Doussan. Il a 12 ans et c'est le dernier de la classe. Il vit à la Cité depuis son cinquième anniversaire. Avant, il habitait un pays où hommes et femmes portaient des robes, où la langue française ne courait pas dans les rues, où les maîtresses n'agitaient pas leurs cheveux blonds. Madame Dupuis répète d'un air contrit qu'il n'y a plus d'espoir pour lui, qu'il ne pourra jamais rattraper son immense retard. Heureusement, ces paroles sans issue effleurent à peine Mohamed, et passent leur chemin, pareils à des petits moutons blancs dans un ciel bleu baigné de soleil.

Chaque soir, maman fouille dans mon sac (elle a lu ça dans les conseils aux parents sur un Maxi), et puis elle inspecte mes cahiers. Des fois, elle paraît inquiète, me demande si je comprends. En vérité, c'est facile pour moi. En Guadeloupe, j'ai reçu une seule — et unique — fois une volée de coups à cause de l'école. La maîtresse avait raconté à Man Ya que je bavardais. L'école, c'était du sérieux pour ma grand-mère. Chaque soir, je récitais mes leçons au garde-à-vous. Elle ne comprenait pas vraiment, mais elle ne rigolait pas et je n'avais pas intérêt à bégayer. Elle aimait par-dessus tout les récitations. Elle demandait :

— Raconte voir l'histoire des petites bêtes en hiver !

Je m'élançais :

— La cigale ayant chanté tout l'été se trouva fort dépourvue quand... Ensuite, elle réclamait celle du «Laboureur et ses enfants». Avec Verlaine, je sanglotais pour elle en faisant grincer les violons de l'automne... «Et je m'en vais au vent mauvais qui m'emporte, de çà, de là, pareil à la feuille morte». La «Prière d'un petit enfant nègre», du poète guadeloupéen Guy Tirolien, lui arrachait un sourire forcé. Quand je déclamais :

— Seigneur je ne veux plus aller à leur école ; faites je vous prie que je n'y aille plus... Les nègres vous le savez n'ont que trop travaillé. Pourquoi faut-il de plus apprendre dans des livres qui nous parlent de choses qui ne sont pas d'ici. Elle me regardait en plissant les yeux, comme si je proclamais là mes pensées profondes, mon plus cher désir... Je terminais mon récital par «La Ronde autour du Monde» de Paul Fort... «Alors on pourrait faire une ronde autour du monde, si tous les gens du monde voulaient s'donner la main».

Au mois de décembre, j'ai fait signer à maman mon carnet de notes. J'étais la première de la classe. La maîtresse a convoqué maman et lui a parlé de me placer, l'année prochaine, dans un autre collège que celui de la Cité.

— Le niveau est trop bas ici, à cause des étrangers. Maman a rétorqué :

— Ben, ma fille, c'est une étrangère aussi. L'an passé, elle était à l'école communale, dans une campagne de Guadeloupe qu'on marque même pas sur toutes les cartes.

La maîtresse a ouvert de grands yeux :

— Comprenez que c'est pour son bien, madame ! La racaille va déteindre sur elle si vous l'envoyez au collège de la Cité. Je souhaite mieux pour Félicie. Elle a posé sa main sur mon épaule. Croyez-moi, ce genre de démarche n'est pas dans mes habitudes. Vous savez, cela fait quatre ans que j'enseigne ici, au CM2. Et, j'en ai vu défiler des gamins... Eh bien, c'est la première fois que je rencontre un aussi bon niveau. Sa main pesait une tonne sur mon épaule. Si vous la poussez, elle vous donnera beaucoup de satisfaction. Félicie est une excellente élève, la meilleure ! je n'aimerais pas la voir gâcher ses chances. Il y en a si peu dans cette banlieue.

Arrivée à sa dernière phrase, elle a repris sa main et m'a regardée longuement. J'ai vu passer l'ombre de la pitié dans ses yeux. Je me sentais toute misérable comme un jeune cabri condamné au colombo (1) qui voit briller la lame du boucher. Maman m'a souri.

Quand nous sommes rentrées chez nous, elle m'a embrassée sur les deux joues et m'a donné un billet de 20 F. Elle rayonnait :

— Bon Dieu, je croyais pas que tu m'aurais fait cette surprise-là, Félicie. Eh ben ! elle t'a à la bonne ta maîtresse... Je pensais pas qu'un jour j'aurais eu une fille qui serait première de sa classe, ah ça non ! juré !

— C'est Man Ya qui...

— Quoi ! elle sait même pas lire B.A. BA... Commence pas à me parler d'elle, hein ! Elle était soudain furieuse.

— Oui, maman.

— Allez, c'est pas grave... Son ton s'était radouci, mais ses yeux luisaient comme si sa colère allait se déverser en larmes.

— Tu vas continuer à bien travailler, hein !

(1) Colombo : plat hindou.

42

C'est à ce moment-là que papa Jo est arrivé. Il n'avait pas déposé son manteau que maman lui criait déjà la bonne nouvelle : «Hé, Jo ! Félicie est la première de sa classe ! Un très bon niveau, à ce qu'il paraît !» Papa Jo m'a applaudi et, pendant que maman préparait le dîner, il m'a glissé un billet de 50 F.

C'est Noël. Papa Jo est resté dans l'appartement pour garder Mimi. Avec maman, pour la première fois, je suis allée à Paris, capitale de France, en métro ! Mésyé, mésyé ! (1) Faut pas avoir peur de marcher sous terre... Le métro, c'est un grand ver en ferraille qui rampe dans tous les sens en faisant craquer ses vieilles jointures. «Direction : Barbès-Rochechouart !» a dit maman. J'ai fermé les yeux jusqu'à ce qu'elle me tire par la manche.

— Oh ! Félicie. Tu dors. On est arrivées.

Si Man Ya avait été là, elle aurait cru se trouver, un samedi matin, à Pointe-à-Pitre, sur un trottoir de la rue Frébault. Des Noirs ! plus qu'à la Cité. Des femmes surtout, Antillaises et Africaines. Est-ce que nous, les gens de couleur trop éloignée du blanc, avions le droit d'aller acheter ailleurs qu'à Barbès-Rochechouart, dans ces magasins TATI aux enseignes gigantesques ? Dès que maman revenait de ses courses à Paris, elle ne déposait, sur la table de la cuisine, que des sacs

(1) Mésyé : mes aïeux !

où les grosses lettres bleues TATI s'étalaient sur
fond rose et blanc. Rien que ces sacs-là... TATI,
les grandes lettres couraient à la verticale et à
l'horizontale sur les façades grises. Comme à la
Cité, on entendait beaucoup de langues différen-
tes, ou du français un peu tordu par les accents.
Les vendeuses s'en moquaient. On aurait dit des
robots programmés pour une seule langue, celle
de l'argent français. Il fallait se battre pour attraper un tricot, une robe, une paire de collants.
C'étaient des courses musclées en quelque sorte.
On sentait bien que tout le monde voulait
s'habiller, de bas en haut, avec 50 F en poche.
Mes 70 F, je les avais laissés à la maison ; l'idée
d'envoyer un cadeau à Man Ya me trottait dans la
tête, loin du regard de maman. La veille, j'avais
un peu pleuré en pensant à ma grand-mère. Je
m'étais endormie avec cette tristesse dans le
cœur... C'est pourquoi j'ai rêvé d'elle, je crois. Je
l'ai vue, couchée sur son lit, les yeux écarquillés.
La case avait perdu son toit de tôle et Man Ya
regardait fixement le ciel blanchâtre traversé de
nuages gris et sales comme ceux de la Cité. Elle
portait sa robe du dimanche, celle avec les belles
fleurs roses, oranges et mauves, toute plissée sur
le devant. Elle parlait mais je ne l'entendais pas.
J'étais juste au-dessus d'elle, dans un nuage. Je
tendais l'oreille dans l'espoir de saisir une ou
deux paroles. Quand elle m'a reconnue, ses yeux
se sont mis à rouler, ses sourcils à monter et des-

cendre, et ses cils à battre. Mais, tout doucement, mon nuage s'est éloigné de la case. J'étais en colère. J'ai crié, le tonnerre a éclaté. J'ai pleuré et la pluie s'est mise à tomber sur la Guadeloupe. Mes larmes m'ont réveillée. Il faisait noir dans ma chambre. On n'entendait pas un bruit, même pas Michel en train de sucer son pouce. J'ai eu du mal à me rendormir et c'est ainsi que Mohamed Ben Doussan est entré dans mes pensées. Peut-être parce qu'un jour, il m'a raconté que sa grand-mère habitait chez lui. Il avait une chance terrible... Man Ya était si loin de moi. Comment vivait-elle vraiment dans sa nouvelle solitude ? Pourquoi m'appelait-elle en rêve ? Courait-elle un danger ? Un cyclone ! Un cyclone avait dû arracher le vieux toit de tôle de sa case bancale ! Mais non... J'ai chassé ces mauvaises pensées d'un revers de main : la saison des cyclones était passée depuis deux mois !

Dans le magasin qui habille les filles, maman m'a offert de choisir deux robes. En fait, depuis que j'ai ramené mon carnet de notes, elle se montre très généreuse, très gentille. Elle essaye sincèrement de garder son humeur à la même température.

— C'est Noël, Félicie ! A Noël, on gâte les bons enfants. Et si tu vois autre chose à ton goût, je verrai si je peux te le payer.

Nous avons quitté le magasin avec deux robes. Je n'ai pas eu le courage de me battre pour autre chose. Dans le métro qui nous a ramenées, serrées l'une contre l'autre, encombrées de nos gros sacs de chez TATI — mais saines et sauves — Maman a pris ma main dans la sienne. J'ai fermé les yeux et j'ai pensé de toutes mes forces que je tenais, en vérité, la main rêche et épaisse de Man Ya.

Maman a acheté des huîtres et une grosse dinde pour la nuit de Noël. Elle m'a dit que c'était la tradition ici et qu'il fallait s'adapter aux coutumes de la France. Sans mentir, c'était la première fois que je voyais une dinde en entier. Man Ya n'en a jamais vue non plus. Au pays, on ne connaît que les ailes de dinde. On en trouve dans tous les lolos (1). Elles sont congelées, avec parfois de grandes plumes blanches oubliées qu'on a du mal à arracher et qui témoignent de leur appartenance à la famille des volailles. En Guadeloupe, c'est la viande des gens qui ont le porte-monnaie maigre. On en vend à 8 ou 10 F le kilo. Des fois, dans le lolo qui se trouvait pas loin de chez nous, Man Zizine était obligée de séparer les ailes congelées ensemble en les frappant avec un vieux marteau avant de les jeter dans le plateau de sa balance bop, bop, bop ! Sur le grand tableau noir qu'elle sortait devant la véranda de sa boutique,

_____

(1) Lolo . boutique, épicerie.

elle écrivait : Ailes d'Indes. On riait un peu mais on ne pouvait s'empêcher de croire manger de la viande rare venue d'un pays lointain. Ma maîtresse du CE2 m'avait appris que, d'un point de vue historique, ce n'était pas faux, étant donné que les gallinacés — caille, pintade, dindon, dinde, etc — étaient originaires de l'Inde. On n'a plus ri de l'orthographe originale de Man Zizine.

Maman chantait dans sa cuisine pendant que papa Jo et moi décorions le sapin de Noël tout vert avec des boules dorées et des guirlandes scintillantes. Quand Mimi s'est réveillé, il s'est mis à arracher les boules. Papa Jo riait. Michel a maintenant dix mois. Il commence à marcher mais il ne parle pas encore. Il touche à tout ! surtout mes affaires dans ma chambre... Marie-Claire est arrivée vers sept heures avec un kilo de boudin créole et un homme blanc aux cheveux roux. Les joues de Marie-Claire étaient glacées sous la poudre, ses paupières viraient au bleu et sa bouche ressemblait à une belle pomme ronde et rouge. A ses oreilles pendaient de gros anneaux en or qui bougeaient tout le temps. Et, comme d'habitude, lorsqu'elle parlait, ses mains étaient prises d'une grande agitation. Un jour, Man Ya m'a dit que les personnes qui ne peuvent retenir leurs mains quand leur bouche bat, ne valent pas mieux que les moustiques qui zonzonnent et volent autour de nous à la conquête d'un carré de peau où piquer leur dard zip ! C'est-à-dire, des gens qui n'ont rien d'autre à faire que d'embêter les autres et bavarder inutilement. Bien sûr, maman n'a pas manqué d'annoncer à Marie-Claire que j'étais la première de la classe. Marie-Claire m'a tirée à elle pour m'embrasser quatre fois sur les joues. Puis, elle s'est arrangé les cheveux avant de s'enfoncer de nouveau dans les bras du monsieur qui l'accompagnait. Nous étions tous assis au salon. Les cuisses serrées, comme des enfants sages. Alors, un grand silence s'est assis avec nous. Après une ou deux minutes, maman s'est levée en criant : «La dinde ! la dinde !» Marie-Claire l'a imitée et elles ont filé dans la cuisine. Papa Jo, qui ne savait pas quoi raconter au monsieur de Marie-Claire, souriait gentiment. Parfois sa bouche s'entrouvrait. J'espérais qu'un mot allait en sortir. Mais, elle se refermait pour s'étirer dans un sourire muet. De la cuisine, s'échappaient les rires étouffés de maman et de son amie. Je n'avais rien d'autre à faire que regarder droit devant moi, alors je suis partie dans mes pensées. Comment se passait le Noël de Man Ya ? Est-ce qu'elle songeait un peu à moi ? Et ma carte de vœux, l'avait-elle reçue ? Nous avions passé tant de Noël ensemble, sans dinde, sans huîtres, sans chocolat... mais quels Noël ! Sans neige, sans sapin décoré, sans boules scintillantes... mais on n'était jamais restées, assises raides, les cuisses serrées, dans un salon avec le seul silence invité à la fête.

Devant la case de ma grand-mère, les fleuris-Noël (1) se balançaient doucement dès les premiers jours de décembre. Nos voisins, Robert, Titi, Max et Laurine étaient tous les enfants de Man Ya. On fêtait chaque Noël, chaque Pâque, ensemble mieux qu'une vraie famille. Parfois, Man Ya disait que Titi avait remplacé la fille qu'elle avait perdu en France. Et que, si elle tombait malade, Robert ferait mieux qu'un fils, en l'allongeant à l'arrière de sa camionnette 404 Peugeot pour la conduire chez un médecin. Toute l'année, Robert engraissait un cochon pour Noël. J'en ai connu dix. Tous baptisés Paulo. Dans le temps, à l'armée, Robert racontait qu'il avait connu un soldat plus vorace que cent gorets. Il avalait quatre ou cinq platées de n'importe quel menu, mangeait de tout, sans préférence. Rien qu'en inspirant, il faisait éclater tous les boutons de sa chemise et la ceinture de son pantalon disparaissait, asphyxiée sous la masse de son ventre. Robert pensait que ce nom portait chance à ses cochons qui, à l'instar de Paulo 1er, finissaient immanquablement leur année en beauté, gras et gros. Chaque 24 décembre, vers 3 heures du matin, il prenait son coutelas, ses couteaux et s'en allait débiter Paulo. En Guadeloupe, notre tradition veut qu'on mange le cochon roussi avec des pois de bois frais, des ignames tendres. Toute la

_____

(1) Fleuris-Noël : fleurs qui ne fleurissent qu'en décembre.

journée se passait dans l'effervescence des préparatifs du repas. Mais c'était quand les tanbouyè (1) arrivaient, les ka (2) sur le dos, auréolés de la glorieuse assurance d'être les descendants authentiques des nèg-mawon, que la fête de Noël démarrait vraiment. On leur servait, avec déférence, de pleines assiettes de pois, d'ignames et de cochon. On déposait près d'eux une bouteille de rhum. Dès les premiers coups frappés sur les peaux tendues des ka, les voix montaient vers le ciel. Et mon cœur se serrait. Chaque année, j'ai pensé que le Bondieu, ému, allait descendre sur la terre, rien que pour chanter avec les tanbouyè aux voix graves de Haute-Terre, et reprendre les refrains : «...Je vois, je vois... l'étoile du berger... Joseph, mon cher fidèle...» — «La nuit de Noël est faite pour chanter la venue du Christ, me disait Man Ya. Mais aussi pour profiter, manger plein son ventre, boire, rire, danser et oublier les mauvais jours.»

Maman a rapporté de la cuisine un plateau argenté sur lequel étaient alignés les petits boudins. Marie-Claire, à ses côtés, finissait de lui raconter une histoire drôle. Elles riaient comme des complices. Et maman n'entendait même pas les talons sans patins de son amie qui martelaient et perçaient le linoléum ciré.

---

(1) Tanbouyè : batteur de tambour.
(2) Ka : ou gwo-ka : tambour. Danse.

— Il est bien chaud. Mangez tout de suite ! a dit Marie-Claire en se laissant tomber dans le fauteuil près du monsieur qui regardait dans le fond de son verre vide. Il vient de Belleville. Il est bon, hein, Bernard !

— Très, a-t-il répondu.

Un peu plus tard, nous avons dîné. Maman avait sorti une nappe blanche, des assiettes en porcelaine, des verres fins décorés de petites fleurs grattées, et des couverts argentés. Maman était très enjouée. On aurait dit que la gaieté de Marie-Claire déteignait sur elle. Quand j'ai demandé pourquoi on n'avait pas fait cuire les huîtres, elle s'est même levée de table pour m'embrasser et rire dans mes cheveux, tandis que papa Jo m'expliquait que ces mollusques se consommaient crus. Je n'ai pas pu en avaler une seule. Par contre, j'ai mangé de bon cœur la dinde aux marrons et la bûche au chocolat. J'ai même bu du Champagne. Marie-Claire, qui n'arrêtait pas de se resservir, a commencé à rire de plus en plus fort et à piquer de la tête dans le cou de Bernard. Il était tout rouge sous ses taches de son. Papa Jo tenait maman par la taille, comme s'il voulait l'inviter à danser. Maman s'est retournée vivement et lui a collé un baiser sur la bouche. C'était la première fois que je les voyais s'embrasser. Ça m'a saisie.

Vers une heure du matin, maman m'a demandé si je préférais le Noël de France ou celui de la

Guadeloupe. Pour lui faire plaisir, j'ai répondu que j'aimais mieux le Noël de France. Elle s'est rengorgée, croyant avoir remporté — j'en suis sûre — une victoire de plus sur Man Ya. Je suis partie dans ma chambre. Par la fenêtre, loin, loin, dans les immeubles d'une autre cité, les petites lumières de la fête de Noël brillaient dans le noir. Ça m'a rappelé la Toussaint à Haute-Terre et son cimetière illuminé de milliers de bougies allumées sur les tombes.

— III —

En janvier, maman a recommencé à travailler.
C'est la course chaque matin. Mimi en a perdu sa
bonne humeur. Dès qu'on le tire du lit, à 5 heures,
il se met à hurler. Sa gardienne, d'origine guya-
naise s'appelle madame Simonin. En plus des
cinq enfants qui sont sortis de son ventre, elle
garde six bébés pendant la journée. Elle habite le
bâtiment 4, escalier E, porte 3005. Quand elle
ouvre la porte de son appartement, des cris per-
çants nous sautent dessus. Je vois bien que
Maman fait comme si elle n'entend rien, alors
qu'elle dispute papa Jo s'il a le malheur de haus-
ser le ton. Avec son plus beau sourire, elle tend à
madame Simonin un gros sac plein de biberons,
de couches jetables et de boîtes de lait. La gardienne bâille en arrangeant ses bigoudis qui pen-
douillent autour de sa figure pas lavée. Maman
répète tous les matins qu'il sera bien sage, et puis
elle tourne les talons en poussant un gros soupir,
pour ne pas voir plus longtemps le visage grima-

çant de Mimi derrière les pleurs. Parfois, je l'accompagne. Je porte le sac. Je monte avec elle chez madame Simonin. On se quitte au pied de l'immeuble. Elle court prendre son train et je retourne à la maison. J'ai maintenant une clé, comme presque tous les enfants de ma classe. Même ceux qui ont des mères au foyer et des pères au chômage. Comme Estelle, par exemple, qui habite au bâtiment 7. Sa mère ne sort presque jamais de son appartement. Seule, avec trois enfants, elle ne travaille pas et vit des allocations et des bourses. Logiquement, Estelle n'aurait pas dû avoir une clé pendue autour de son cou. Papa Jo m'a dit que c'est parce que sa mère est affalée toute la journée dans son canapé à déjeuner, goûter et dîner des programmes télé, et surtout des séries américaines et des feuilletons du genre de Santa Barbara ou Dallas. Ça lui fait mal de rater une demi-seconde pour ouvrir la porte. De toute façon, Estelle fait ce qu'elle veut. Elle traîne dans tous les coins de la Cité. Maman dit qu'elle l'a connue à l'âge des biberons, si mignonne, si blonde, mais que maintenant, elle n'est plus fréquentable. Mon copain Mohamed m'a raconté qu'il l'a vue sortie plusieurs fois des caves du bâtiment 8. Et le bâtiment 8, tout le monde le sait — sauf les parents — c'est le repère des durs de la Cité, leur nid.

Maman travaille dans l'habillement. C'est ce qu'elle m'a dit de répondre à l'école. En vérité,

54

elle est assise du matin au soir derrière une machine. Elle coud des manches de chemises à la chaîne. Je me suis demandée comment on pouvait appeler un tel métier : manchiste, mancheuse, manchière ? Papa Jo, lui, travaille dans l'automobile. Tous les jours, il rentre en disant qu'on va fermer l'usine. On pousse les vieux ouvriers dehors, on renvoie les Arabes dans leurs pays, on met des robots partout. Robot, c'est le seul mot qui le mette vraiment en colère. Pour lui, les robots annoncent l'Apocalypse, c'est-à-dire : la ruine, la misère, la famine, la fin du monde. Une fois, pour le calmer, maman a répondu :

— T'inquiète pas... ils coupent bien les tissus au laser maintenant. Et j'suis toujours là, derrière ma p'tite machine, à enfiler ma p'tite canette... Alors, tu vois !

Papa Jo a haussé les épaules, puis a suggéré :

— Et si on retournait chez nous en Guadeloupe, avant que les robots nous foutent dehors !

Maman a ouvert de grands yeux et s'est écriée :

— Tais toi ! tu sais plus c'que tu dis Joseph !

Quand elle sort toutes les lettres du prénom de papa Jo, ça signifie qu'il doit s'arrêter de discuter immédiatement, s'il ne veut pas la voir entrer dans une terrible colère silencieuse. Alors, il a ajusté ses patins, s'est levé et a glissé doucement, comme une ombre de vieillard, jusqu'à la cuisine où il s'est versé une tasse de café.

Habituellement, après l'école, je rentre directement. Je suis seule de 5 h 20 à 7 h. J'allume tout de suite la télé, avant même d'ôter mon manteau. Ça me fait de la compagnie. L'appartement a de drôles de résonances quand il n'y a personne d'autre que moi. Ça m'effraye. Cet après-midi, j'ai suivi Mohamed chez lui. Il m'avait dit :

— Ma grand-mère a fait des loukoums.

J'ai demandé :

— C'est quoi des loukoums ?

— Des gâteaux, tiens !

A l'instant, une petite bougie de gourmandise s'est allumée dans ma tête. J'ai revu, à sa lueur, Man Ya en train de préparer un bon gros doukoun (1). Loukoum et doukoun, ça se joue sur la même musique, ça rime, c'est parent. Je n'ai pas pu résister à m'inviter.

Mohamed a appuyé sur la sonnette jusqu'à ce qu'on lui ouvre. Une grosse dame en robe de soirée brodée d'or avec un fichu sur la tête a ouvert la porte en grognant. Elle a donné des petites tapes sur la tête de Mohamed qui s'est faufilé sous son bras et a couru vers la cuisine en rigolant.

— Je vais t'envoyer dans les chotts (2), ti vas voir !

_____

(1) Doukoun : gros gâteau à pâte non levée.
(2) Chott : lac salé. Les chotts du Sahara et des Hauts Plateaux algériens sont des cuvettes vides d'eau.

— Les chiottes, tu veux dire !

Non ! non ! les chotts vrais, là-bas, au milieu di Hoggar. Et ti pourras pli me casser les oreilles avec sonnette !

— Viens, Féli.

La grand-mère me barrait l'entrée.

— Bonjour madame.

— Bonjour, toi. Ti t'appelles Féli ?

— Heu, Félicie en entier... C'est Mohamed qui raccourcit mon nom.

— Ti aimes loukoum ? et makroude et baklawa (1) ?

— Oui, madame.

— Où ti as déjà goûté ?

— Heu... à Barbès-Rochechouart...

C'était le seul endroit que je connaissais en dehors de la Cité. J'avais dû prononcer la formule magique parce qu'au même moment, son bras qui barrait l'entrée est tombé comme la branche morte d'un arbre. Elle m'a poussé au milieu du salon.

— En vérité, Féli, on dit loukoum, loukoum par facilité. Le vrai nom c'est rahat-loukoum, ce qui signifie : le repos de la gorge...

Ma salive a coulé dans ma gorge comme le sirop d'un sucre d'orge.

— Va, va, Féli ! Mohamed va te donner. J'ai fait beaucoup au matin.

_____

(1) Makroude, baklawa · pâtisseries orientales.

Elle m'a souri et ses dents en fer ont jailli tels des éclairs au mitan de son visage ridé.

Mohamed habitait le même type d'appartement que le mien. Un salon, une salle à manger, une petite cuisine et trois chambres. Nous y vivions à quatre, tandis qu'ils s'y entassaient à dix : le père et la mère de Mohamed, la grand-mère Fathia, les cinq enfants et les deux tantes, du côté maternel. La cuisine débordait presque dans le salon. Les chambres étaient remplies de lits superposés, d'armoires en plastique à fermeture à glissière, de grosses valises et de vieux cartons. Occupée à la cuisine, la maman de Mohamed portait une grande robe de soirée semblable à celle de la grand-mère, sauf que les broderies vaincues par trop de lavage pendaient, ternes et effilochées. Elle plongeait et remuait une louche dans un grand canari (1) où flottaient des bouts de viande, des carottes et d'autres légumes dans une sauce grasse et rouge.

— C'est du couscous, Féli. T'en as déjà becqueté ?

— Non... Je me voyais déjà la bouche toute rouge de sauce.

— C'est pas 'core prêt ! a dit la maman de Mohamed sans se retourner.

— Tiens, goûte un loukoum !

_____

(1) Canari : fait-tout

58

Un délice. A chaque bouchée, une fine pellicule de sucre tapissait mes lèvres que je léchais et pourléchais avec application pour faire durer le plaisir. Mohamed riait parce que je fermais les yeux.

— J'en mange tous les jours. Ma grand-mère est une passionnée de pâtisserie. T'as vu sa grosseur ! Et ses dents ! blindées ! Elle dit tout le temps que c'est la dernière chose qui la rattache à son pays et que l'heure où elle oubliera une recette sera l'heure de sa mort, vrai.

Dans le salon, Mohamed m'a montré la collection de pipes de son père, exposée dans une vitrine...

— Ça c'est la kouka, avec le bec d'ambre. Celle-là, c'est le narguilé, avec le long tuyau ; tu vois, la fumée passe par ce flacon rempli d'eau parfumée avant d'arriver à la bouche. Regarde celle-ci, avec le cuivre tout gravé. C'est seulement ma grand-mère Fathia qui pourra te traduire les inscriptions. Tu sais, ça fait seulement trois ans qu'elle habite avec nous à la Cité. Juste après la mort de mon grand-père, elle a débarqué avec les deux sœurs de ma mère, tante Raïssa et tante Lalla. Tu les as vues, non ? couchées dans la chambre... Elles ne trouvent pas d'travail, ni d'mari... alors, elles mangent toute la journée des loukoums et des makroudes avec ma grand-mère, en parlant du pays.

C'était quand même beau chez Mohamed. Il y avait plein de plateaux en cuivre, de grands tapis déroulés sur le linoléum, et des rideaux lourds terminés par de longues franges. Je visitais, comme dans un musée, les narines agacées par la riche odeur de viande en sauce qui flottait dans tout l'appartement.

Mohamed ne se souvient pas du pays de sa grand-mère. Elle a beau lui dire que c'est aussi son pays à lui, qu'il y est né, y a vécu jusqu'à ses cinq ans, il répond que son pays s'appelle France.

— Lis ancêtres de tes père et mère étaient des Touaregs di Hoggar qui s'arrêtaient parfois à Tamanrasset, sous les arcades du souk. Ils ne faisaient que passer, longeant les murs ocres ombragés de tamaris. Ils étaient fiers. Ils mangeaient des tagnellas (1), gardaient l'eau dans des aboyars (2), et faisaient de fantastiques courses dans li désert, superbes cavaliers sur leurs chameaux azelraf (3)... Allez ! va ! raconte voir tes parents français, puisque c'est ton pays, vrai !

Quand nous sommes partis, j'ai demandé à Mohamed ce qu'il savait des Touaregs. Il m'a répondu qu'ils se déplaçaient sans cesse dans le désert, portaient toujours un voile — le chèche —

(1) Tagnella : galette.
(2) Aboyar : peau de chèvre dans laquelle on conserve l'eau.
(3) Chameau azelraf : chameau noir et blanc aux yeux bleus.

à cause des tempêtes de sables, et n'avaient peur de rien ni de personne. Ce n'était pas vraiment de la jalousie, mais il fallait que — moi aussi — je brandisse, comme un drapeau, mes valeureux ancêtres. Peut-être pour grandir dans l'estime de Mohamed. Peut-être pour qu'il me regarde autrement s'il voyait derrière moi les ombres gigantesques des neg-mawon de l'esclavage. J'ai dit :

— Chez moi aussi, y'avait des ancêtres qui ne craignaient personne. C'était pendant l'esclavage. Ils se révoltaient. Ils brisaient leurs chaînes. Ils fuyaient dans les bois. Quand on les rattrapait, on les battait jusqu'à les faire marcher à quatre pattes. Et s'ils récidivaient, on leur coupait une jambe, et puis une autre. Ceux qui s'en sortaient vivaient dans les bois. La nuit, ils attaquaient les plantations pour libérer leurs frères. Ils ont gagné leur liberté...

— Tu penses à eux souvent, Féli ? Les yeux de Mohamed étaient ronds d'intérêt.

— Non, pas tellement.

— Moi, des fois, je rêve que je galope dans le désert, sur mon chameau. Je suis le plus rapide des Touaregs. Je vais tellement vite que je les laisse tous derrière moi. De temps en temps, je me retourne et je les vois, de plus en plus petits. A la fin, je suis seul au milieu du désert. Tout seul. Et j'ai perdu ma route. Alors, ma grand-mère Fathia apparaît. Mais ses dents ne sont pas en fer, elles sont blanches, de la porcelaine. Au ralenti, elle me montre un point, loin devant, et dit :

— Fier cavalier, si tu vas dans cette direction, tu trouveras l'oasis d'El Goléa...

Alors, je sors de ma poche une pièce, un dinar. Je la lui lance. Elle ne fait même pas semblant de l'attraper. Et la pièce se perd tout doucement dans un tourbillon de sable jaune. Mohamed a cessé brusquement de parler pour planter ses dents cariées dans le loukoum qu'il regardait et triturait pendant son récit.

— C'est beau comme rêve. Moi, parfois je rêve de ma grand-mère. Tu sais, elle habite dans une vieille case en bois, au pied d'un morne. J'ai toujours vécu près d'elle. Souvent, j'ai l'impression qu'elle vient me parler dans mon sommeil. Je lui écris presque chaque semaine, mais je ne reçois pas beaucoup de lettres parce qu'elle est «alfa-bête», c'est sa façon de dire analphabète. Des fois, je tardais un peu en rentrant de l'école. Elle m'attendait sur le pas de la porte et criait :

— Pourquoi tu traînes sur la route, Félicie ? Tu sais pas que t'as tes leçons à apprendre ! Tu veux devenir une «alfa-bête» comme moi ! Si tu continues, tu sauras même pas lire B.A. BA...

C'est ma copine Laurine qui m'écrit à sa place et lui lit mon courrier.

— Féli, tu crois que j'vais passer en 6ème ?

— Bien sûr, Mo.

Au deuxième et au troisième trimestre, j'ai encore été la première de la classe. La maîtresse a de nouveau fait appeler maman. Elle lui a demandé si elle m'avait déjà inscrite au collège Joliot-Curie. Ma mère a répondu que ce collège se trouvait trop loin de la Cité et que, de toute façon, les voisins lui avaient assuré que celui qu'était à deux pas des bâtiments n'était pas si mal que ça, vu que tous les gosses qui entraient en 6ème y allaient. Alors, pourquoi je devais faire l'exception ? Et que si j'étais la première en CM2, y'a pas de doute que j'serai aussi la première en 6ème. La maîtresse a discuté un moment et puis elle a haussé les épaules et m'a regardée avec l'air de dire : j'ai tout tenté, je m'en lave les mains.

— Vous verrez bien, madame, Vous verrez...

C'est sur ces mots que les vacances ont commencé.

Depuis le début du mois de juillet, Mimi essaye de parler. C'est dur pour lui. On comprend à peine ce qu'il raconte et ça l'énerve de répéter. Moi, mes tétés se sont mis à bomber mes T-shirts. Papa Jo se moque de moi tout le temps parce que je ferme la porte derrière moi dès que je dois me déshabiller. Maman m'a acheté un soutien-gorge rose et blanc. Elle m'en a promis un autre pour la rentrée des classes. Une fois par semaine, je lave celui que j'ai déjà. Samedi, Marie-Claire est venue spécialement pour me faire des tresses africaines. Je suis restée assise de deux heures de l'après-midi à neuf heures du soir. J'ai eu mal au dos pendant deux jours, mais ça valait le coup. J'ai soixante nattes terminées par des perles multicolores. Mes nattes m'arrivent au bas du dos parce que Marie-Claire a rajouté des faux cheveux. C'est génial ! Il fallait absolument que Man Ya me voie dans ma nouvelle coiffure. Alors, avec Mo et Mimi, je suis allée au photomaton du centre commercial, à deux kilomètres. Je n'ai pas le droit d'aller si loin. Maman n'en sait rien. Les gens ne sont pas bavards à la Cité et pourtant ils nous voient passer tous les après-midi, Mo avec Mimi sur son dos, moi et mes soixante tresses africaines. Mo connaît plein d'endroits intéressants. Un jour, il m'a dit qu'on irait à Paris, tous les trois, quand bébé serait plus grand. Depuis le 15 juillet, je suis responsable de Mimi, parce que sa gardienne, madame Simonin est partie en vacances avec toute sa smala, comme dit Mo ; papa Jo travaille jusqu'au 30 juillet et maman jusqu'au 10 août. Je me débrouille comme je peux. Maman m'a appris à allumer la cuisinière et me répète chaque matin de bien faire attention à ne pas mettre le feu à l'immeuble. Je le lave, le lui donne à manger, on joue, on lit et on regarde la télé en attendant Mohamed avec lequel on va se promener. Les sorties, c'est notre dessert. On s'y prépare dès le matin. Quand Mimi entend la sonnerie et voit Mo, il sait qu'on ne tardera pas à partir, alors il se met à crier et sauter de joie.

Maman ne soupçonne même pas l'existence de Mo. Elle croit sincèrement qu'on reste, Mimi et moi, enfermés toute la journée dans l'appartement 1035. Lorsqu'elle rentre, vers 7 heures, dix minutes avant papa Jo, elle me trouve dans ma chambre en train de raconter à Mimi des histoires de prince charmant, de princesse endormie dans des chateaux et d'ogres mangeurs d'enfants. Elle nous embrasse et puis m'envoie tout de suite en bas, pour acheter le pain, ou du sel, ou un kilo de riz «chez l'arabe». Le soir, je ne la regarde jamais bien en face, la honte me voile les yeux. Une fois, j'ai essayé de dire à papa Jo que j'avais un copain, Mo, et qu'on marchait des kilomètres, tous les après-midi, son Mimi sur les épaules. Au dernier moment, j'ai retenu ma langue.

Man Ya a dû recevoir les deux photos que je lui ai envoyées, une de moi seule et une autre de Mohamed avec Mimi dans les bras. Je me demande bien ce qu'elle a pensé de Mo, en voyant son teint jaunâtre et ses boucles noires. Elle a du le classer dans la race des bata-zendyen (1). Sur la photo, il montrait ses grandes dents carrées trouées par les caries. Je lui ai dit de se brosser les dents après les loukoums, mais il s'en moque. Il dit qu'elles sont fichues pour de bon, qu'elles ont poussé toutes pourries et que,

_____

(1) Bata-zendyen · métis nègre-indien

plus tard, il portera un dentier. Malgré ça, il est beau, Mohamed. Je le vois très bien sur son chameau, la tête prise dans un chèche blanc et le corps enveloppé dans de grands voiles sombres. Il m'emmènerait. Assise derrière lui, comme la passagère d'une moto, j'appuyerais ma tête sur ses épaules et, mes deux bras lui enserreraient la taille. On partirait au galop pour traverser le désert du Hoggar. Et ce voyage serait sans fin, loin des immeubles numérotés de 1 à 10 de la Cité. Peut-être qu'on prendrait Mimi avec nous, pour le sauver de ces vacances qu'on passe entre la télé et le centre commercial qu'on connaît par cœur.

Des fois, je pense à Laurine, aux belles vacances qu'elle doit vivre à Haute-Terre. Je songe à tous mes amis que j'ai laissés là-bas. Et mon cœur se serre. J'imagine Laurine en train de grimper dans le manguier de la cour pour ramener des tas de mango-ponm (1) tout ronds. Je vois sa bouche barbouillée du bon jus orangé, épais et sucré. Je ferme les yeux très fort et je prie pour me réveiller à Haute-Terre, au pied de ce même manguier, après une sieste habitée par un rêve qui m'aurait fait atterrir dans la Cité grise de maman. Je me souviens... je me souviens aussi des bains de rivière que nous prenions avec toute la marmaille des alentours. On rassemblait nos sous

---

(1) Mango-ponm : mangue-pomme

66

pour acheter une grosse bouteille de Fanta orange ou de Coca-Cola. Après le bain, on en buvait à tour de rôle, en tenant le coude des plus voraces. Pendant les vacances, Man Julia criait toujours qu'elle deviendrait folle par ma faute. Elle n'aimait pas les filles qui suivaient les garçons dans tous les monté et désann (1). Mais quand je lui demandais la permission, elle ne savait pas refuser. Un peu comme madame Fathia. Elle faisait toujours semblant d'être fâchée. Elle promettait des coups de ceinture et des raclées phénoménales, mais son cœur était chaud et bon comme le soleil de midi qui sèche en trois minutes le linge étalé sur l'herbe, devant la case. C'est bizarre, quand je vivais auprès d'elle, je n'entendais que les «bête, sotte, couillon» qu'elle me lançait. Aujourd'hui que la mer nous sépare, d'autres mots me reviennent en mémoire. Oui, chacune de ses phrases finissait par «p'tit a manman (2), doudou en mwen (3), Féfé doudou». Une fois, j'ai appelé ainsi Mimi : Ti doudou» en mwen. Il s'est arrêté net de gigoter et m'a fixée longuement de ses gros yeux noirs, bouche bée. On ne parle pas créole dans l'appartement. Il n'est pas interdit de cité, mais il n'est pas non plus invité.

L'autre jour, je racontais à Mo les vacances que je passais à Haute-Terre, les bains de mer et

(1) Monté et désann : allées et venues (monter et descendre)
(2) Pitit a manman : petite chérie de maman
(3) Doudou en mwen : ma chérie à moi

de rivière, les jeux dans la cour à l'ombre du manguier, les promenades dans les bois. Lors de l'évocation de mes ancêtres nèg-mawon, les yeux de Mohamed étaient moins ronds. Il m'a dit que, depuis sa naissance, il n'avait jamais connu la mer. J'ai ri immédiatement, bien sûr. Parce que j'ai trouvé la blague trop facile. J'ai pensé qu'il me croyait assez naïve pour gober une telle énormité. Devant Mimi, il a juré sur la tête de sa grand-mère Fathia (qu'il aime plus que sa maman) que c'était la pure vérité. Incroyable mais vrai ! Mohamed pense qu'il ne verra jamais la mer. Faute d'argent pour y aller ! En plus, il connaît plein de grands à la Cité qui n'ont jamais touché la mer autrement qu'en caressant l'écran carré de la télé où les vagues déferlent comme dans un bocal. C'est là que j'ai mesuré la chance que j'avais eu de vivre en Guadeloupe pendant dix ans, avec les rivières et la mer où plonger, les bois et les mornes à escalader. Et d'habiter au ras du sol, dans une vieille case en bois, aux planches toutes grises, au toit tiqueté de rouille semblable à la figure de Bernard, le fiancé de Marie-Claire. La Guadeloupe a la forme d'un grand papillon. Mais il ne faut pas croire les gens qui disent que c'est le paradis sur terre. Chaque année, à l'approche de la saison des cyclones, j'ai tremblé avec Man Ya dans notre case branlante. Et la Soufrière, notre terrible volcan, peut aussi se réveiller, sur un coup de tête, et tous nous engloutir. Et la terre peut se mettre à danser sous nos pieds, et puis nous faire chavirer ; c'est comme si le papillon battait des ailes pour un envol impossible et désespéré. Pourtant, il ne se passe pas un jour sans que je ne songe à ma vie de là-bas. Y retourner, voilà ce qui me travaille. Je sais que papa Jo caresse ce même rêve, au contraire de maman. S'il a le malheur de mettre le sujet sur le tapis, maman prend une drôle de voix et lâche le prénom entier. Papa Jo se voûte et frissonne.

— Joseph ! Je t'ai déjà dit de ne plus me causer de ça ! Jamais !

Quand Mo vient, il ouvre toutes les portes, allonge son cou dans l'entrebâillement. Immanquablement, il termine sa visite dans un hochement de tête épaté et conclut :

— C'est toujours propre et net ici.

Hier, il est venu plus tôt, avec du couscous. On a mis le couvert à la cuisine et on a fait comme si on était le papa et la maman de Michel. On parlait en imitant les personnages du feuilleton Dallas.

— J'ai préparé ce couscous spécialement pour toi, Bobby.

— Merci Pam chérie. Tu es une excellente cuisinière. Tiens, prends ce diamant que je suis allé acheter à Paris, rue de la Paix. Oui, ce matin, j'y ai fait un saut dans mon Jet privé.

— Oh ! merci Bobby, tu es un amour.

— C'est rien Pam. C'est rien du tout. Un p'tit caillou.

— Sue Helen en sera malade de jalousie, la pauvre. J'y pense, JR ne lui a rien offert cette semaine. Elle va lui faire une scène et puis elle ira se soûler. Passons... Reprendras-tu un peu de couscous, Bobby de mon cœur ?

Mimi nous regardait en rigolant. Tout à coup, il a froncé les sourcils. Les mots se battaient pour sortir de sa bouche. Nous étions suspendus à ses lèvres. Enfin, il a crié :

— Pas Bobby, lui. Mo ! Mo ! Mo !

On a pouffé de rire dans le couscous. Les grains ont voleté autour de nos assiettes. J'ai dit :

— Quoi ! Qu'est-ce que t'as dit ? Répète un peu ! Et il a répété, en montrant du doigt Mohamed :

— Mo ! lui, Mo ! Pas Bobby, Mo !

J'ai fait un rêve.

Ça se passait à la Cité, en hiver. C'était le soir. J'étais assise avec Mo, sur un banc, face à l'immeuble 8. Il neigeait. Maman me regardait par la fenêtre. A côté d'elle, papa Jo, tenant Mimi dans ses bras, me criait de rentrer. Je ne bougeais pas et Mo non plus. On était déjà presque entièrement recouverts de neige. Au loin, on entendait la musique de Kassav, la chanson «Siyé bwa» (1), qui sortait d'un des appartements de la Cité. J'ai tourné un peu la tête, vers le bâtiment 7. C'est là

_____

(1) Siyé bwa : sciez du bois

70

que j'ai vu la femme qui venait dans notre direction. Elle était chaussée d'escarpins et traînait un peu les pieds à cause de la neige assez haute. J'ai pensé qu'elle aurait du mettre des bottes. Elle serrait sous son bras un petit sac vernis noir. Son manteau blanc avait un grand col de fourrure bleu ciel. Tête baissée, elle est passée devant nous, sans même ralentir. La neige continuait à nous recouvrir. Peut-être qu'on ressemblait déjà à deux bonshommes de neige assis sur un banc. J'ai fermé les yeux un instant. Quand je les ai rouverts, la femme au manteau blanc à col bleu du ciel se tenait devant moi. C'était Man Ya. Ça m'a fait un drôle de coup au cœur. Je me suis levée d'un bond. J'ai secoué la neige qui avait durci sur ma doudoune et j'ai couru vers elle. Mo m'a imitée.

— C'est Man Julia, Mo ! C'est elle, ma bonne grand-manman !

Mo n'avait pas l'air d'y croire. En époussetant sa bouche voilée par une fine couche de neige, il a marmonné :

— Tu rêves, Féli ! Réveille-toi ! Comment elle aurait pu arriver jusqu'ici ?

Je ne me posais pas tant de questions. Elle était là, un point c'est tout. Je la voyais, je la touchais et ses baisers faisaient fondre la neige qui recouvrait mes joues. Ses paroles étaient douces dans son souffle chaud. Au bout d'un moment, elle a ouvert son sac et en a tiré deux clés. Une dorée et l'autre argentée. Dans le creux de mon oreille, elle a murmuré ces paroles sibyllines :

— Voilà ce que je suis venue t'apporter. Avec la clé d'or, tu libèreras ton ami des geôles obscures. L'autre te servira à percer la porte de la connaissance. Si tu les utilises à bon escient, tu fendras l'air au-dessus de la mer et tu seras de nouveau dans la cour au manguier.

Je ne sais pas pourquoi j'ai levé les yeux au ciel à ce moment-là. Mais j'ai juste eu le temps d'apercevoir un gigantesque papillon survoler le bâtiment 9 et disparaître dans les nuages, battant majestueusement des ailes. Quand j'ai cherché Man Ya, Mo s'est mis à rire. Puis, il a repris sa place sur le banc enneigé.

Le 1er août, papa Jo s'est écrié :

— Vive les vacances ! Merci mon Dieu et il s'est lâché comme un sac de commissions sur le canapé du salon. Toute la journée, il a traîné dans l'appartement entre les émissions de télé qui ne l'intéressaient pas. Après le déjeuner, Mimi s'est mis à pleurer. Il fallait bien que ça arrive. Mimi avait pris goût aux promenades de l'après-midi. Dès qu'il a commencé à appeler : Mo ! Mo ! Mo ! je lui ai fait de gros yeux. Papa Jo m'a demandé plusieurs fois si je comprenais ce Mo ! Mo ! Mo ! J'ai répondu que non ! J'ai senti tout le poids de ma trahison au travers du regard empoisonné que m'a lancé Mimi. Une vraie flèche de guerrier massaï. Papa Jo l'a pris dans ses bras et l'a câliné jusqu'à ce qu'il s'endorme. Bien évidemment, j'avais averti Mohamed de la présence de papa Jo. On était tous déçus, Mimi en tête. Papa Jo aurait compris la raison — légitime — de nos escapades. Mais il ne savait pas tenir sa langue. La preuve, il m'a révélé un secret que maman gardait depuis des mois. Une surprise pour moi. J'ai dû jurer de n'en rien dire à personne. A partir du 15 août, on va passer dix jours à la campagne avec Marie-Claire et Bernard. Papa Jo était tout excité. C'est dans la Sarthe, Félicie ! Il a sorti une carte Michelin et l'a dépliée devant moi. Regarde, regarde ! ce point, là c'est le petit village où l'on ira : Aubigné Racan ! Les gens y sont charmants à ce que dit Marie-Claire. Il paraît qu'on peut acheter le lait, les œufs et les légumes directement dans les fermes avoisinantes. Pas loin, y'aurait même une rivière où se baigner. J'ai demandé à papa Jo comment on irait là-bas. Il m'a répondu, d'un air naturel, que la vieille deux-chevaux tiendrait le coup. Pour lui, elle est bien plus coriace que les tape-à-l'œil fabriqués par les robots d'aujourd'hui. La remplacer ne figurait même pas sur la liste de ses projets lointains. Maman et lui serraient leur argent, sou après sou, sur un compte, afin d'acheter, un jour, une vraie maison au ras du sol.

Cela fait une semaine que je n'ai pas vu Mohamed. Jeudi, après une course «chez l'arabe», j'ai foncé jusqu'au bâtiment 5, escalier H, porte 8002.

Il n'était pas là. Sa grand-mère Fathia m'a dit qu'il traînait au centre commercial avec son frère Rachid. Je lui ai griffonné un petit message :

Mo, avec ma famille, je pars en vacances. Le 15 août. Je reviendrai le 25. Je pense très fort à toi. Je te fais une grosse bise.
Ton amie Féli.

La maison d'Aubigné Racan est bien vieille avec des murs de pierres très épais. Marie-Claire a ouvert toutes les fenêtres et secoué les rideaux. La poussière a voltigé autour de nous. Elle riait fort, comme d'habitude. J'aime assez Bernard, son fiancé. Il ne parle pas beaucoup mais c'est un pain doux aurait dit de lui Man Ya. Marie-Claire l'appelle Pipou. Il m'a raconté que cette maison, qui avait vu la jeunesse de sa grand-mère, n'avait jamais subi la moindre modification. Il n'y mettait jamais les pieds en hiver parce qu'elle était impossible à chauffer correctement.

Les vacances passent vite. Trop vite. Nous nous amusons bien. Maman est moins énervée qu'à la Cité. De toute façon, les rires de Marie-Claire sont contagieux. Tout le monde s'y laisse prendre, même les fermiers chez qui nous allons chercher le lait et les œufs rigolent d'avance en la voyant. Avant-hier, elle avait décidé de traire une grosse vache. Le fermier lui a dit que ça se faisait plus vu qu'ils se servaient de machines. Elle a tellement insisté et supplié qu'ils ont fini par lui tendre un seau et un vieux banc. On était au moins vingt à la regarder faire. Ses longs doigts aux griffes rouges vernies tiraillaient vaillamment les pis de la vache qui continuait à mâcher tranquillement de l'herbe. Marie-Claire n'a pu tirer la moindre goute de lait des grosses mamelles, mais c'était génial de la voir jouer ainsi, à son âge. Le fermier nous a offert une tournée de cidre. Je crois que ça devait faire longtemps qu'il n'avait pas ri si fort, les larmes au coin des yeux.

C'est pas beaucoup dix jours de vacances. Mais faut pas se plaindre, c'est mieux que rien. On a bu tous les jours du bon lait frais, mangé des légumes, des fruits et des rillettes bien grasses. On s'est baignés dans de jolies rivières et promenés comme de vrais touristes dans des petits villages presque déserts où l'on ne voyait que des vieux, appuyés sur leurs cannes, marchant à petit pas comptés sur la place de l'église, se saluant d'un lent mouvement de tête.

Les vacances sont bien finies. Nous avons laissé, à Aubigné Racan, Marie-Claire et Pipou et sommes repartis vers notre banlieue. Papa Jo avait raison : la deux-chevaux a roulé comme une bille jusqu'au parking de la Cité, sans même tousser une seule fois.

— IV —

C'est demain la rentrée. Depuis mon retour, je n'ai pas vu Mohamed une seule fois.

Le collège est aussi moche que l'usine de papa Jo. Man Ya m'avait appris à ne pas avoir honte de la misère, mais là, debout dans la cour du collège, la honte m'a enveloppée des pieds à la tête. Et franchement, j'ai été heureuse de penser qu'elle ne me verrait jamais entrer dans cette grande boîte aux fenêtres sales. Il y a des peintures à la bombe sur les murs. Partout des messages, des caricatures bizarres et des dessins pornos. Les murs sont menaçants, des cauchemars ! Pire que les cages d'escalier des bâtiments de la Cité. Ce sont des cris de guerre, de haine et de révolte, des tableaux de torture barrés de grandes lettres tordues, multicolores. On ne trouve pas un seul soleil tout rond, tout jaune, coiffé de rayons joyeux, pas une seule fleur à peine éclose.

Au collège, les grands sont effrayants. Certains garçons portent barbe et moustache et les filles ressemblent à des femmes fardées. J'ai repéré les petits nouveaux, un peu à l'écart et je les ai rejoints. Puis, jusqu'à la sonnerie, j'ai cherché des yeux Mohamed.

Le collège, c'est vraiment un autre monde. L'école primaire, c'était gentil-mignon. Ici on tremble quand on croise les bandes dans les couloirs. On baisse les yeux en priant pour qu'ils ne nous remarquent pas. J'ai cinq professeurs. Le prof de français enseigne aussi l'histoire et la géographie. Elle s'est présentée ainsi :

— Je m'appelle mademoiselle Bernichon. Vous êtes mes premiers élèves. J'ai CHOISI ce métier. J'espère que vous ne me le ferez pas regretter. Votre collège traîne une réputation exécrable derrière lui. Nous la ferons tomber ensemble. Je suis à votre disposition pour tout renseignement.

Des sourires, légers et ironiques, flottaient sur les lèvres des élèves. Comment eux, fraîchement débarqués, petits de sixième, nains parmi les géants, pouvaient-ils s'imaginer sauver la réputation d'un collège baptisé, depuis la nuit des temps, «le Caveau»... Ce prof était d'une naïveté ! Nous avons rempli nos fiches de l'air désabusé du chômeur qui rédige pour la millième fois son curriculum vitæ. J'étais en train d'écrire le métier de maman quand Mohamed est arrivé, escorté d'une surveillante. Mademoiselle Bernichon a jeté un œil sur sa liste avant de lui désigner une place

78

vide au fond de la classe. En passant près de moi, il m'a effleuré le bras et m'a souri.

A la fin du cours, les élèves se lèvent précipitamment comme si on venait de crier «Au feu les pompiers !» Puis ils se jettent dans le couloir et dévalent les escaliers. Je ne me suis pas mêlée à eux. J'ai traîné un peu pour ranger mes affaires en espérant de toutes mes forces que mon amitié avec Mo ne s'était pas éteinte avec l'été. Quand j'ai levé la tête, je l'ai vu en train de sauter d'un pied sur l'autre devant la porte de la salle.

— T'as passé de bonnes vacances ?

— Ouais.

Je ne voulais pas trop montrer ma joie de le retrouver. Ça me gênait. Il n'était pas à l'aise non plus, alors j'ai demandé :

— Et ta grand-mère, elle fait toujours ses loukoums ?

— Sûr que oui ! Quand est-ce que tu viens en manger ?

Il a souri de toutes ses dents cariées.

On a rejoint les autres et on s'est assis l'un à côté de l'autre dans la classe de sciences. Il m'a raconté qu'il avait pensé à moi et Mimi mais qu'il avait trouvé de nouveaux copains. J'ai voulu savoir qui c'était, il a rétorqué que je ne les connaissais pas.

A midi, j'espérais qu'on irait ensemble à la cantine, mais il avait à faire. On s'est séparés dans la cour. Je l'ai regardé s'éloigner. Il avait grandi. Son jeans lui arrivait au-dessus des chevilles, pareil aux pantalons de Michaël Jackson. Et l'antique blouson en faux cuir marron que son frère Rachid lui avait balancé pesait sur ses épaules comme le poids d'un destin misérable.

Au mois de décembre, Marie-Claire et Bernard vont se marier. Les parents de Marie-Claire entreprennent le voyage spécialement pour l'événement. La future madame, très enthousiaste, raconte tout ça à maman et papa Jo au salon. Maman sera son témoin. Elles s'embrassent et pleurent en se tapotant le dos chaleureusement. Papa Jo a prédit à Pipou toute une descendance café au lait avant de sortir les bouteilles. Je suis allée dans ma chambre quand ils ont commencé à rire en parlant à mots couverts de la fameuse nuit de noces. Je n'avais pas le cœur à la fête. De toute façon, ces jours-ci, rien ne me fait rigoler. Depuis qu'on est au collège, je ne comprends plus très bien Mohamed. Et ça m'embête... Il ne vient pas souvent en classe. Ses cahiers sont sales, il n'a même pas de livres. Si je veux lui parler, je dois lui courir après. Et quand je lui demande pourquoi il n'est jamais là, il me parle de ses fameux copains que je ne connais pas. Il dit aussi que ça lui sert à rien de se pointer au collège parce qu'il ne comprend pas la moitié du discours des profs. Tout est tellement difficile pour lui. Je crois que c'est ce qui le dégoûte. Moi, je suis à l'aise en maths et en français. Pas de problème... L'autre fois, pour la rédaction : «Racontez vos vacances», j'ai eu 16/20. Elle a même lu ma copie aux élèves. J'étais un peu gênée car je racontais que j'étais allée en Guadeloupe. Mo m'a jeté un drôle de regard, comme si je lui avais menti. Je parlais des bains de mer et de rivière, des pique-niques, des promenades dans les bois. Je décrivais Man Ya dans sa vieille case, la cour avec le gros manguier en son mitan. A la fin, la classe entière est restée silencieuse, suspendue au fil des souvenirs. Après le cours, mademoiselle Bernichon m'a appellée. Elle m'a dit :

— Tu sais, je connais la Guadeloupe. Elle ressemble à un grand papillon, n'est-ce pas ?

J'ai hoché la tête.

— Tu étais vraiment là-bas pendant les grandes vacances, Félicie ?

J'ai répondu que non.

— Tu n'es pas née ici, toi ?

Son œil était plus puissant qu'un rayon laser.

— Non, madame... ça fait seulement un an que j'habite la Cité.

— Ton cœur est resté là-bas, près de ta grand-mère ?

— Oui, madame.

— Tu sais, j'ai le projet — attention, rien d'officiel encore ! — j'ai le projet d'une classe de mer à Pâques. Mais j'attends des réponses, l'accord de certaines personnalités. En décembre, le dossier sera bouclé. On verra...

— Ce serait super !

J'avais presque crié. Évidemment, je pensais à Mo qui n'avait jamais vu la mer. Ce serait comme si, après des années passées à errer dans les déserts du Hoggar et du Sahara, un fier Touareg, du haut de son chameau Azelraf, arrivait enfin au bord d'une plage. Il ôterait théâtralement son chèche, son cafetan, les jètterait d'un geste ample, et plongerait sans peur dans les vagues hautes. Peut-être que si Mo rencontrait la mer, il retrouverait le chemin perdu de l'école.

Quand Marie-Claire et Pipou sont partis, je suis allée embrasser Mimi dans son petit lit. Il dormait déjà. C'était ma façon de lui demander pardon. Cet après-midi, à la télé, il a vu un garçon du genre de Mohamed et tout de suite, il s'est mis à crier en montrant l'écran du doigt : «Mo ! Mo ! Mo !» Une fois de plus, j'ai dû faire comme si je ne comprenais rien à son langage, tandis que papa Jo essayait de lui arracher des explications. Pauvre Mimi !

Samedi après-midi, nous sommes allés en famille au centre commercial. Novembre. Il commence à faire vraiment froid. Maman a assis Michel dans le chariot et on a inspecté tous les rayons pendant deux heures et demi. Maman s'arrêtait parfois longtemps devant des piles de boîtes de conserves. Elle en prenait une, la tournait plusieurs fois, puis la déposait d'un air boudeur. Elle en prenait une autre, identique, la jetait dans le caddie et puis la redéposait aussi. Papa Jo la regardait sans faire de commentaires. Il se contentait de pousser le chariot, de stopper et de démarrer derrière maman qui marchait devant à la façon d'une touriste dans un musée. Quant à Mimi, il n'avait qu'une idée en tête, attraper les boîtes multicolores et les paquets sous cellophane. Au rayon des vêtements, j'ai regardé les jeans 501, comme les aime Mo, ils coûtaient dans les 350 F. Maman m'a assuré que chez TATI, on trouvait les mêmes à 59 F pièce.

C'est sur le parking que j'ai vu Mo, avec une bande de grands du bâtiment 8. Les deux mains dans les poches, son frère Rachid fumait un mégot en plissant les yeux. Mo m'a regardée sans me voir. J'étais devenue identique à tous les gens qui entraient et sortaient du centre. Heureusement, Mimi dormait sur mon épaule. Je crois qu'il serait devenu fou s'il avait vu son idole en chair et en os. Son ami disparu. Ça m'a fait un drôle de choc de le voir avec ces garçons, parce qu'avant les vacances, il ne les fréquentait pas du tout. J'en ai conclu que c'était là ses nouveaux copains.

Lundi matin, au cours de français, je lui ai fait passer un petit mot :

— Si tu viens pas régulièrement aux cours, tu connaîtras jamais la mer !

Quand le message est arrivé entre ses mains, j'ai regardé ailleurs. A la fin de l'heure, Mo m'attendait à la porte.

— Qu'est-ce que c'est que cette histoire de mer ?

J'ai répondu :

— Est-ce que je t'ai déjà menti ?

— Non...

J'ai changé de sujet.

— Qu'est-ce que tu fabriques avec les garçons du bâtiment 8 ? Tu les a jamais aimés !

— Ils sont cools. D'abord, Rachid m'emmène partout avec lui maintenant... J'suis le plus jeune de la bande !

J'ai sursauté :

— Tu fais parti de cette bande, Mo ! Ils fument, ils volent, ils boivent de la bière et ils se battent. Il paraît même qu'ils ont des couteaux et attaquent les vieilles femmes...

— J'suis plus un bébé, Féli.

On a marché un moment du même pas long, sans échanger la moindre parole. Et puis Mo m'a redemandé où et comment il pourrait connaître la mer. Comme je n'avais guère de détails, mademoiselle Bernichon m'ayant parlé très vaguement d'une classe de mer, j'ai répondu :

— Où ? On s'en moque, pas vrai ! Y'a qu'une seule mer. Salée. Elle appartient à tout le monde. On s'en fout des frontières que mettent les hommes.

84

Au fur et à mesure que je parlais, les yeux de Mohamed s'arrondissaient. On aurait dit qu'il allait pleurer.

— Quand est-ce qu'on va connaître la mer, Féli ?

— A Pâques.

Mon assurance l'a cloué sur place. Est-ce que je ne m'étais pas trop avancée ? Si le projet de mademoiselle Bernichon échouait, sa déception serait immense. Au-dessus de son épaule, le couloir s'étirait, désert. J'ai crié :

— Le cours de maths !

Et nous avons couru, main dans la main. Quand on est arrivés, le prof a souri comme un tigre devant son déjeuner.

— Alors les amoureux, on traîne dans les couloirs... Est-ce que Félicie donne des cours particuliers à l'homme invisible de la 6ème F, j'ai nommé le sieur Mohamed Ben Doussan !

Les élèves qui n'attendaient que ça ont ricané bêtement comme s'ils n'avaient pas entendu de meilleure blague depuis au moins six mois. Quand ils se sont calmés, le prof nous a collé une interro écrite. Pour moi, c'était facile. Mais je savais déjà que Mo ne ferait rien de valable. Il m'a regardée d'un air désespéré comme s'il venait de perdre son ticket vers la mer. Je lui ai renvoyé un petit sourire d'encouragement. J'étais trop loin pour lui donner le moindre renseignement. A la façon d'un mendiant des rues, il a tiraillé la manche d'Alpha afin d'obtenir quelque résultat tout cuit. Hélas, si Mo est le plus faible de la classe, Alpha doit être l'avant-dernier. C'était la galère assurée.

Marie-Claire et Bernard se sont mariés. Maman portait une robe beige clair avec un grand col en dentelle et des chaussures noires à talons hauts. Les parents de Marie-Claire sont arrivés dans un Boeing 747. On aurait dit un groupe de touristes venus en voyage organisé. Grâce à eux, la salle de mariage s'est transformée en un extraordinaire jardin exotique où rivalisaient de beauté les grandes fleurs tropicales : roses de porcelaine, arums et anthuriums, lavande. C'étaient les Noirs, plus nombreux, qui menaient la danse. Les parents de Bernard, une poignée, faisaient penser aux derniers survivants d'une famille décimée. Ils s'amusaient bien quand même, surtout après avoir bu quelques ti punch et s'être brûlés la langue au feu du boudin pimenté. On a fêté jusqu'à quatre heures du matin. Vers deux heures, Marie-Claire et maman ont même dansé ensemble, pareilles à deux sœurs boudées par les cavaliers. Papa Jo m'a invitée plusieurs fois. Je voulais lui apprendre à rapper, mais il préfère de loin le zouk de Kassav ou encore les violons de Malavoi (1). J'aurais voulu que Mo soit là, c'est un

_____

(1) Malavoi : groupe de musiciens

super danseur ! A la fin, je me suis assise sur une chaise. Je dormais à moitié mais les pensées continuaient à circuler dans ma tête. Je songeais à Man Julia et au rêve des deux clés. La clé d'or pour libérer Mo des prisons et celle d'argent pour accéder à la connaissance. Est-ce que Mo irait à la geôle, la vraie ? Derrière des barreaux, des murs gris et des fils barbelés ! J'ai frissonné. Comment ferais-je pour le libérer ? Où était cachée la clé d'or ? J'ai ouvert les yeux. Marie-Claire et Bernard se balançaient doucement, accrochés l'un à l'autre, sans vraiment suivre la musique. Ils étaient seuls au monde et se fichaient des regards qu'on posait sur eux. En les voyant ainsi, j'ai pensé qu'ils se soutenaient comme deux amis doivent le faire en toute occasion, l'un encourageant celui qui faiblit. J'aurais aimé soutenir Mo de cette façon.

Marie-Claire nous a donné tout un étage de sa pièce montée. Le matin, pendant que maman dormait, j'ai demandé à papa Jo si je pouvais en apporter un morceau à une copine de classe. Il a dit oui sans poser de questions, me rappelant simplement de ne pas tarder. Il a bâillé un peu, puis est retourné s'enfoncer dans le canapé, face à la télé. J'ai refermé la porte doucement et j'ai couru dans le couloir. L'ascenseur était en panne, bien sûr.

J'ai dévalé les escaliers. En bas, il faisait froid. Le vent me poussait méchamment comme pour m'empêcher de rejoindre Mo. Je me suis débattue. Arrivée au pied de l'immeuble 5, j'étais pareille au roseau de Monsieur de La Fontaine face au chêne gigantesque et menaçant. Je le bravais. Je n'avais pas peur. Les rafales de vent déchaînaient mes nattes et les boules multicolores qui pendaient à leurs bouts me giflaient le visage. Je me sentais forte et grande. Je sentais que je pouvais vaincre cette montagne de béton où vivaient, les uns sur les autres, tous les peuples de la terre. J'avais devant moi le monde entier et toutes ses races. Et Mohamed se trouvait quelque part, derrière cette terrible façade grise, dans ces hauteurs où les vagues de la mer immense ne rouleraient jamais, où le sable du désert du Hoggar, enfermé comme dans un sablier inutile, ne s'écoulait qu'au travers des souvenirs de grand-mère Fathia. Pour me donner du courage, j'ai pensé très fort aux nèg-mawon, les braves qu'on n'avait pu asservir. Je me suis dit qu'en ce temps-là, on ne rigolait pas tous les jours, on ne dansait pas le zouk, on ne mangeait pas de gâteau de mariage. Quand je me suis retrouvée devant la porte de Mo, j'étais toute regonflée. Je me suis dit que, comme moi, Mo était jeune. Un jour, j'en étais sûre, il quitterait la Cité pour aller vivre au bord de la mer, s'asseoir sur la plage et, de longues heures durant, regarder les vagues se dérouler, s'enrouler et se retirer. Un jour, il ne ferait plus partie de la bande.

Grand-mère Fathia, dans une djellaba verte brodée d'or, m'a souri et m'a dit :

— Bonjour Féli. L'ami vrai c'est celui du temps de l'épreuve.

Elle est un peu comme Man Ya. Elle connaît des petites phrases simples qui expriment de grands sentiments.

— Où est Mohamed, madame Fathia ?

— Parti, toujours parti !

— J'ai un gâteau pour lui.

— Parti !

Elle a fait un grand geste de la main, pour mieux me montrer qu'à son idée, on ne pourra plus le retenir ni même le rattraper.

— Ti veux makroude ? J'ai fait baklawa aussi...

Madame Fathia a glissé jusqu'à la cuisine en se dandinant et m'a rapporté de ces pâtisseries orientales auxquelles je ne sais pas résister.

— Ti aimes ?

— J'adore !

— Et couscous, ti manges ?

Elle est ainsi la grand-mère Fathia, toujours prête à offrir de bonnes choses.

— Oui, j'en mange. Mais là, j'ai pas l'temps... Tu diras à Mohamed que j'ai absolument besoin de le voir.

— Oui, oui.

Le dimanche, le centre commercial étant fermé, j'en concluai que Mo et Rachid se trouvaient près du bâtiment 8, avec leur bande. Je ne m'étais pas trompée. Il était bien là. Avec tous ces grands aux yeux plus tristes que les cages d'escaliers des bâtiments de la Cité. Mo ressemblait au renard de Saint-Exupéry, perdu parmi les habitants d'une planète où le soleil, l'eau et les rires n'existaient pas. Moi, je n'étais pas le Petit Prince, bien sûr, mais une petite princesse venue apprivoiser le renard et lui offrir mon amitié, lui offrir la clé d'or de l'amitié... la clé d'or de mon rêve ! Mo, comme pris en faute, a juste eu le temps d'ôter une cigarette de sa bouche avant de la dissimuler derrière son dos. L'air détaché, j'ai lancé :

— Mohamed, ta grand-mère te fait dire qu'il y a un colis qui t'attend chez toi, c'est urgent !

Les grands l'ont regardé bizarrement. Je lui ai envoyé un petit clin d'œil et il m'a suivi en roulant des épaules et en sautillant à chaque pas à la manière de son frère Rachid. En chemin, je lui ai demandé :

— Tu fumes maintenant ?

Il s'est énervé tout de suite :

— Qu'est-ce que ça peut te faire ?

J'ai continué :

— Je suis ton amie, Mo. Déjà que t'as les dents toutes cariées... tes poumons seront bientôt noirs comme des bouts de charbon !

— Je m'en fous !

— Pas moi, Mo. Tu vas mourir avant d'avoir connu la mer.

— Tu parles ! j'la verrai jamais, la mer. Tu m'as raconté des salades.

— Je ne mens jamais pour les choses graves.

— Quand est-ce qu'on y va alors ?

— A Pâques ! j'te jure. Mais si tu ne viens pas au collège, ton nom ne sera pas sur la liste des élèves. Mo, crois-moi ! Je t'apprendrai à nager, à plonger, à faire la planche...

— C'est quoi, faire la planche ?

— C'est flotter sur l'eau comme une vieille branche...Tu ne bouges pas un doigt, tu oublies ton corps et tu regardes le soleil. Tu te laisses porter par le courant. Si tu veux, je t'apprendrai à rester sous l'eau pendant trois minutes, sans respirer ! A ouvrir les yeux au fond et à nager en imitant les poissons-chats. Je t'apprendrai à te rouler dans le sable, puis à t'enterrer jusqu'aux oreilles, à dénicher les petits crabes qui creusent leur métro sous la plage.

Mo me regardait sans me voir. Ses yeux reflétaient une mer parée d'écume et coiffée d'un ciel bleu turquoise comme on en voit dans les dessins animés. Son esprit avait sauté la muraille des immeubles gris de la Cité et s'était assis au bord de la mer. Pour le ramener à la réalité, je lui ai pris la main.

— OK, Féli, j'irai au collège...

Sa voix était grave, comme sortie d'une caverne.

— Je t'aiderai à mieux comprendre les leçons. Mais, je t'en prie, arrête de fumer ! On s'y met bêtement et au fur et à mesure on devient esclave de la cigarette... T'as vu les gars du bâtiment 8 ! ils fument et ils toussent. Ils sont tous pâles. On dit même qu'ils se droguent avec des herbes qui rendent dingues.

— Je ne les ai jamais vu fumer autre chose que des Gauloises ou des Malboro...

— T'es aveugle, ma parole. En plus, ils sont tristes. Tu commences à devenir comme eux, triste.

— On rigole des fois...

— Vas-y, raconte !

— L'autre jour, au centre commercial, Ken, celui qui a l'aigle tatoué sur le bras, a piqué un compact disque...

— Et alors !

— Eh ben, le vigile l'a surpris et lui a couru après.

— Et alors !

— Eh ben, Ken lui a balancé le disque en pleine gueule. Et le mec s'est retrouvé sur le cul. Toute la bande a détalé. On s'est marré après, quand Ken a imité le vigile qui courait le pistolet au poing, pareil à un flic bidon de Hawaï Police d'État.

— Tu trouves ça marrant ?

92

Mo a baissé les yeux.

— T'es pas ma grand-mère, Féli. Arrête ta morale.

J'avais exagéré, mais ça m'enrageait de le voir traîner avec la bande du bâtiment 8, semblable à un renardeau des sables qui erre dans le désert et attend les restes d'un campement de Touaregs.

L'année nouvelle est arrivée, toute blanche, toute propre dans la Cité. Sur les rues grises, le ciel avait jeté une longue nappe immaculée. Je regardais par la fenêtre et j'essayais de m'imaginer : minuscule tête noire derrière un petit carreau parmi des centaines d'autres identiques sur une grande façade sombre. Tout haut, j'ai ri de moi. Maman a dit que j'étais folle de rire sans raison, mais papa Jo a souri.

Laurine m'a envoyé un colis de la part de Man Ya. C'est mon plus beau cadeau de Noël même si maman m'a gâtée, en m'offrant une poupée Barbie. Je n'ai jamais joué à la poupée. En Guadeloupe, je courais derrière les billes ou bien, avec Laurine et son frère, après un cerf-volant qui s'échappait si loin que parfois, on restait de longues minutes, le nez en l'air, à scruter le ciel avant de le repérer, minuscule point, dans le bleu du ciel. Maman m'a dit que les filles de France adorent les poupées Barbie, c'est le cadeau génial par excellence. En tout cas, dans mon colis qui sentait bon la Guadeloupe, il y avait : un flacon d'huile karapat (1) pour mes cheveux, un jupon blanc en dentelle (cousue main par Man Julia), une enveloppe contenant une chaîne en or avec une médaille représentant la carte de la Guadeloupe et, dans une page de France-Antilles, deux gousses de vanille, un bâton de cannelle et trois graines de muscade. Je les ai donnés à maman qui n'a pas dit un seul petit mot de remerciement. Je ne sais pas ce qu'elle en a fait. Peut-être que tout a déjà voyagé dans le vide-ordure. Je me demande si elle va rester fâchée toute sa vie avec Man Ya. Si, au moins, je connaissais la raison de leur brouille... Hélas, jamais une parole n'a filtré pour m'éclairer. C'est comme si elles se tenaient de part et d'autre d'une rue, cloîtrée chacune dans sa maison aux portes et fenêtres condamnées. Le silence est d'or, disent certains. Mais je crois qu'elles auraient mieux fait de choisir l'argent de la parole pour redevenir mère et fille. Un jour, j'ai demandé à papa Jo s'il connaissait la raison de leur discorde. Il a mis son index précipitamment sur sa bouche et j'ai lu de l'affolement dans ses yeux. S'il arrive à garder le silence, c'est que le secret doit être terrible...

Dans deux jours, je reprendrai le chemin de l'école. Pendant toutes les vacances, j'ai pensé à Mo et au prof de français qui m'avait promis la

_____
(1) Karapat : huile ricin

classe de mer. Dans ma tête, ils sont maintenant inséparables. L'un ne pouvant plus fonctionner sans l'autre.

La neige est encore tombée ce soir. J'ai passé à mon cou la chaîne en or et je me suis endormie en serrant dans mon poing la petite médaille de la Guadeloupe qui ressemblait à un papillon avec ses belles ailes déployées.

Dès qu'elle a commencé à parler, le silence est entré dans la classe à la façon d'un inspecteur en tournée. Même les habitués des réflexions à haute voix, les spécialistes des rires bêtes, les amoureux et leurs petits mots doux se sont tus. Ababas, tous. Après le mot : classe de mer, Mo s'est instantanément tourné vers moi. Ses yeux étincelaient comme les billes plantées dans la tête de l'ours en peluche de Mimi. Je me suis sentie digne de moi, une super fille, quoi ! Mais nous n'étions pas encore revenus de nos émotions qu'elle a révélé notre destination. La Guadeloupe ! A mon tour, j'ai failli m'évanouir. Je crois que j'ai cessé de respirer pendant au moins deux minutes. J'ai même pensé à une attaque cardiaque, j'avais vu ça dans un épisode de Rick Hunter. C'était un gars à qui on assenait une mauvaise nouvelle. D'un coup, son visage était devenu blanc, les mots ne sortaient plus de sa bouche et ses ongles s'enfonçaient dans le bois du bureau.

De nouveau, le regard de Mohamed s'est posé sur moi, mais je n'arrivais pas à tourner la tête dans sa direction. A peine percé par les yeux inquiets des élèves, un brouillard épais m'enveloppait. Ce n'est qu'au moment où mademoiselle Bernichon a prononcé mon nom : Félicie Benjamin, que je suis retombée dans les dimensions habituelles.

— Félicie Benjamin, tu es du pays. Tu pourras nous présenter la Guadeloupe. Les autres, vous allez former des groupes pour préparer des exposés sur cette belle île française des Caraïbes.

Les questions ont fusé. Comment on va payer les billets d'avion ? Combien de temps on va y rester ? Où on va dormir ? Et si les parents refusent ? Mais c'étaient surtout les questions d'argent qui préoccupaient le plus. Heureusement, la participation parentale ne concernait que l'argent de poche. En effet, la municipalité, épaulée par le Conseil général et plusieurs associations, avait tout réglé afin qu'il n'y ait pas d'exclus. Pour la première fois, une classe du collège de la Cité s'en irait à la découverte d'un bout de France Outre-Mer. La mine réjouie, les élèves n'en finissaient pas de se congratuler. Les bavardages partaient en tous sens sous l'œil bienveillant de mademoiselle Bernichon qui avait semé tant de bonheur dans nos cœurs.

Le soir, c'est à table que j'ai annoncé l'incroyable nouvelle. Papa Jo a aussitôt applaudi, tandis que maman fourrait un morceau de viande dans sa bouche. Elle a pris tout son temps pour le mâcher et l'avaler avant de répliquer :

— Pourquoi t'es contente comme ça ? Et si je ne t'envoyais pas !

Papa Jo a poussé un soupir et a murmuré un suppliant Lili. J'ai dévisagé maman sans baisser les yeux. C'était la première fois que je l'affrontais ainsi. Elle a tenu un peu et puis elle détourné son regard. J'avais gagné.

— Tu as changé, Félicie. Il y a un an, tu n'aurais pas agi avec tant d'insolence. Tu deviens de la mauvaise graine. Même ta façon de parler est différente. Tu as perdu tes bonnes manières.

J'ai continué à la fixer sans répondre, l'air féroce. Mes yeux me piquaient. Papa Jo m'a donné un coup de genou sous la table et j'ai baissé la tête, pour lui seulement. A la fin du dîner, je me suis levée sans demander la permission. J'ai posé mon assiette sur l'évier et j'ai marché jusqu'à ma chambre, la tête haute, le pas long, semblable à une reine outragée. J'ai enfilé ma chemise de nuit et plongé sous mes couvertures. Avant de fermer les yeux, j'ai croisé le regard de la poupée Barbie assise, les jambes croisées comme une secrétaire, sur mon étagère. Elle souriait. J'étais tellement énervée que j'ai jailli de mon lit et attrapé la poupée que j'ai lancé

97

dans le coin des chaussures, derrière mon armoire. Je me suis recouchée, satisfaite, et j'ai éteint la lumière. J'ai pris dans ma main la petite médaille en or que Man Ya m'avait envoyée. J'avais envie de partir loin, très loin. Subitement, dans ma tête, le bijou qui représentait mon île s'est réellement transformé en papillon. Un gigantesque papillon ! Ses ailes battaient d'impatience comme pour un vol fantastique. Il était stationné devant le bâtiment 5. Avec Mo, on l'a enfourché. Il s'est cabré comme un vrai cheval de cow-boy. Tous les gens de la Cité étaient à leur fenêtre, les yeux écarquillés, la bouche bée, l'index pointé vers notre papillon. Des vieux, qui regardaient sans voir depuis longtemps, criaient :

— Un papillon ! Un papillon géant dans la Cité ! Venez, venez tous ! Il va s'envoler avec les enfants !

Effectivement, il nous a emportés au-dessus des immeubles qui, en vérité, vus du ciel, n'étaient pas plus grands que les cubes à jouer de Mimi. Au-dessus, les voitures défilaient sur les autoroutes. Toutes allaient à Paris, lâchant une fumée noire comme une encre de chatou (1). Mo tenait les rênes. Il a ordonné :

— Direction, la mer !

J'ai couché ma tête sur ses épaules. Mes nattes voltigeaient de plaisir. Le papillon allait si vite.

_____

(1) Chatou : pieuvre

98

Peu après, sont apparues des étendues de plaines vert émeraude. Puis, nous avons survolé des montagnes cent fois plus hautes que les immeubles de la Cité, des masses marron et trapues. Enfin, le fracas des vagues a grondé à nos oreilles. En bas, la mer, dans toute sa majesté, avait remplacé la terre ferme. Les poissons volants bondissaient dans les flots à côté d'un trois-mâts qui déployait sa multitude de voiles : la brigantine, la perruche, le perroquet de fougue et aussi la grand voile, le clinfoc, la trinquette claquaient dans le vent fort du large. Mais le plus extraordinaire, c'était la transparence, la magique limpidité des eaux. Et tous les poissons de la mer Caraïbe, comité d'accueil sous-marin, venaient à notre rencontre. Ils agitaient leurs nageoires dans une profusion de couleurs. Je les reconnaissais tous, les nommais à Mohamed : là, les vieilles grises ; ici, les vivaneaux et colas roses ; les chats bleus et verts, regarde ! les grands-gueules tachés de rouille ; les portugaises au ventre rayé de jaune ; tiens, les coffres à cornes dans leur carapace dure et bleutée ; oh ! les raies léopards avec leur grande queue souple comme un fouet. Mo était ébloui. Le papillon les a salués en battant majestueusement des ailes. Alors, nous avons vu...

Je ne l'avais pas entendu entrer, mais sa main posée sur ma joue venait d'interrompre ma rêverie. J'ai ouvert les yeux, maman me souriait. Rancunière et boudeuse, j'ai tourné la tête contre le mur. Sa main caressait maintenant mes nattes et c'était bon. J'avais envie de continuer à bouder indéfiniment, pour que ses doigts courent dans mes cheveux jusqu'à ce que le sommeil me reprenne et me dépose sur le dos du papillon, au milieu des nuages.

— Félicie, je dois te parler.

....

— Je sais que je n'ai pas été une mère exemplaire pour toi. Nous ne nous connaissons pas beaucoup. En fait, nous n'avons jamais vraiment causé toutes les deux...

— Pourquoi tu ne veux pas m'envoyer en Guadeloupe ? T'as peur que je revoie Man Ya ?

— Man Julia ! Ha la la !

C'était la première fois que, devant moi, maman disait le nom de sa mère. Sur le coup, je me suis retournée et j'ai vu des larmes couler sur ses joues, pareilles à de petits serpents d'eau, allant en zigzaguant.

— Il y a douze ans de ça, ta grand-mère était très sévère, intransigeante, butée... Moi, je croyais qu'elle m'empêchait de sortir par méchanceté. Quand j'ai rencontré ton père, chez des gens, j'ai accepté son invitation au bal de la fête de Haute-Terre. Elle n'a pas voulu me donner sa permission. Alors, j'ai filé dans la nuit, pendant qu'elle dormait. J'ai dansé jusqu'au matin dans les bras de mon galant. A mon retour, elle m'attendait, assise sur sa berceuse. Elle se balançait lente-

100

ment, la mine sombre. Je l'ai bravée du regard. Comme toi, ce soir à table. C'est de là que nous avons cessé de nous parler. J'allais et venais. Libre, je croyais. Quand tu es née, la honte m'a saisie et je suis partie. Elle t'avait prise en passion. J'ai mis la mer entre vous deux et moi. Je voulais oublier le passé, refaire ma vie. Mais, sais-tu, le passé nous rattrape toujours. A chaque instant, depuis que j'ai mis le pied en France, j'ai pensé à toi. Dans mes rêves, je te voyais grandir. Quand j'ai rencontré Jo, qu'il m'a demandé en mariage, j'ai voulu que tu sois dans mon bonheur. Mais je n'osais pas. C'est la naissance de Michel et Marie-Claire qui m'ont fait sauter le pas... Maintenant, il me reste plus qu'à revoir ma manman, pour recoller tous les morceaux.

— Tu me laisseras aller en classer de mer, dis ?

Elle m'a regardée, avec l'air d'un élève qui ne comprend rien aux fractions décimales. J'étais émue de la voir, là, assise au bord de mon lit, racontant son passé et me parlant de ce père que je n'avais pas connu. Je voulais la couvrir de baisers et la supplier d'en faire autant avec Man Yan, lui dire que j'avais trouvé un père en papa Jo, lui crier que la parole était d'argent seulement parce que l'amitié était forgée dans l'or. Le silence, quant à lui, n'était bon qu'à élever des murs de carton auxquels on devait mettre le feu. Merci

Man Ya de m'avoir donné, en songe, la clé
d'argent pour accéder à la connaissance.

— Pourquoi tu ne lui écris pas une lettre,
depuis le temps ?

— Je verrai, Félicie, je verrai.

— **V** —

Avec ses cheveux tondus, son visage frais savonné, Mo était un autre garçon. J'ai failli ne pas le reconnaître et ça m'a fait rire en dedans. Il portait un jean neuf, un T-shirt 501 noir et des grosses chaussures de basket violettes et blanches impeccablement lacées comme des bottes de militaire. Un sac en bandoulière vert lui tirait l'épaule gauche et un grand sachet en plastique pendait au bout de sa main droite. Il avait fière allure malgré ses dents cariées. Ensemble, nous avons rejoint les élèves surexcités qui faisaient cercle autour de mademoiselle Bernichon.

Dans l'avion, nous nous sommes assis l'un à côté de l'autre. Mais pendant le voyage, on ne s'est presque pas parlé. Chacun était perdu dans ses pensées. Je crois qu'il ne parvenait pas encore à réaliser qu'au bout de cette traversée il rencontrerait la mer. Quant à moi, mon cœur se serrait à l'idée de revoir mon pays, les routes de Haute-Terre, et surtout ma bonne vieille Man Ya. Après le repas nous avons dormi, parce que le temps passé dans le sommeil rapproche toujours un peu plus du rêve.

— Est-ce qu'en arrivant, on verra que la Guadeloupe a la forme d'un grand papillon ?

— Non, Mo. D'un coup on sera dessus. Tu apercevras des bouts de plage, la mangrove, des mornes verts, peut-être des plantations de cannes et de bananes, et puis les toits rouges des cases...

— Quand je partais, grand-mère Fathia m'a dit : Voyage, tu guériras !

— Elle connaît de belles phrases.

— On y sera bientôt ?

— Dans deux heures, à peu près.

— Ça te fait quoi d'y retourner, Féli ?

— J'sais pas. J'espère que Man Ya n'attrapera pas une crise cardiaque en me voyant. Pour lui faire la surprise, je ne l'ai pas prévenue. Je regrette d'avoir fait ça...

Une à une, mes pensées partaient vers Man Ya, pareilles à des feuilles soufflées par un fort alizé. Avait-elle changé ? Et sa santé, ses vieilles jambes surtout... je ne les avais pas massées depuis deux ans ! Et la case, dans quel était se trouvait-elle ? Et ma commune chérie de Haute-Terre où le soleil de midi tape dur sur le dos des enfants au retour de l'école ; où les chiens errants trottent par bandes ; où les voitures vont en cahotant ainsi que des canards sur les routes sinueuses au bitume crevé. Je fermais les yeux pour me souvenir, me retrouver. De temps en temps, la voix de l'hôtesse, plus douce qu'un baklawa arrosé de miel par la main experte de madame Fathia, surgissait des haut-parleurs en français et en anglais. Quand nous sommes sortis des nuages, la bouche de Mo s'est étirée dans un sourire alors qu'il fixait intensément, sous l'aile de l'avion, un bout de terre léchée par la mer. Les vagues blanches infatigables, allaient et venaient sans cesse, éclaboussaient, se retiraient, s'emportaient et s'apaisaient tour à tour.

— La mer ! C'est la mer, Féli !

Jeudi après-midi, nous sommes partis sur les routes laissant à mademoiselle Bernichon un petit mot d'excuse :

«Nous devons aller voir ma grand-mère à Haute-Terre.»

Signé Félicie Ben Jamin

et Mohamed Ben Doussan.

J'ai fait exprès d'écrire Ben Jamin. Mo m'a dit que ça nous rapprochait. C'était comme si nos ancêtres avaient été cousins : les Ben Doussan et les Ben Jamin (Mo prononce Bène Jamine).

Une semaine venait de se passer en cours le matin, baignade et excursion l'après-midi. La mer avait reconnu Mo comme l'un de ses enfants. Elle l'avait pris dans ses bras, l'avait bercé, porté et tapoté avec ses vaguelettes caressantes. Trois jours avaient suffi à Mo pour apprendre à nager.

J'étais heureuse, bien sûr, mais je ne partageais pas son extase béate. Je connaissais ces plages depuis ma naissance. J'avais couru mille fois sur le sable et plongé dans la mer grosse ou plate. Je sentais confusément que ma place était ailleurs, loin de ces enfants des cités avares de soleil. J'étudiais, je mangeais, riais et nageais avec eux, mais mon esprit les avait quittés au moment même où j'avais de nouveau respiré l'air de mon pays. C'était tous les jours des appels lancinants pareils à ces gémissements qu'on entend, le soir venu, aux abords des bananeraies : «Haute-Terre ! Haute-Terre !» murmuraient les voix graves. «Man Ya ! Man Ya ! Man Ya !» soufflaient des voix de velours. Haute-Terre ! Haute-Terre ! Man Ya ! Man Ya ! Mais mademoiselle Bernichon remettait toujours au lendemain l'escale de Haute-Terre. On aurait dit que la Guadeloupe entière était à découvrir, sauf Haute-Terre. Aujourd'hui, les chutes du Carbet, demain la Soufrière, après-demain la route des Mamelles ou le Cœur de Bouillante... et les musées, les plages... Ma patience était à bout. «Haute-Terre ! Haute-Terre !» susurraient les voix pressantes. «Man Ya ! Man Ya ! Man Ya !» pleuraient d'autres voix. Mo n'a pas voulu me laisser partir seule. Nous étions à Pointe-à-Pitre. Au loin, j'ai vu la gare routière. Les cars bariolés attendaient et appelaient en jouant du klaxon. Les radios zoukaient fort. J'ai reconnu un des chauffeurs de car de Haute-Terre. Son engin n'avait presque pas changé. Le tigre peint sur la tôle s'était juste écaillé un peu et une des ailes du car, toute chiffonnée et rouillée, grignait au soleil. Nous nous sommes retrouvés coincés entre une grosse dame indienne et une jeune femme qui tenait un bébé dans ses bras. «Haute-Terre ! Haute-Terre !» ordonnèrent les voix au chauffeur. Le car démarra dans une pétarade enfumée.

— Y'en a encore des nèg-mawon à Haute-Terre, Féli ?

— J'sais pas. Du temps où j'habitais ici, il y avait un vieux nègre d'au moins 90 ans. Man Ya disait toujours en le voyant : «Missié cé on nèg-mawon !» Et lui-même répétait sans cesse : «Mwen cé on nèg-mawon ! Mwen cé on nèg-mawon !» Il vivait seul, dans les bois, comme les vrais d'antan, s'occupait de son jardin vivrier. Il descendait rarement au bourg. Seulement pour acheter un peu de pétrole pour sa lampe, du sel, de l'huile, des queues de cochon, une tranche de morue salée. Il avait fait la guerre en France en 1914. C'est de là qu'il était revenu au pays tout changé, disant que les hommes sur terre étaient plus sauvages que les bêtes féroces de la jungle africaine — qu'il n'avait pourtant pas connue — et qu'il préférait dorénavant vivre seul, dans les bois, à l'écart du genre humain. C'était sa façon de se révolter. Des fois, le regardant passer, si vieux, si ridé, un peu voûté, la peau près des os, tenant son coutelas rouillé sur l'épaule, je pensais qu'il devait sûrement voir, là-haut dans les mornes, les fantômes des derniers nèg-mawon...

Je n'avais tout à coup plus rien à dire. Au détour de la route, le panneau indiquant l'entrée en territoire de Haute-Terre venait de surgir. Aussitôt, j'ai crié : «Arrêtez ! chauffeur. Arrêtez tout de suite !». La grosse dame indienne a marmonné entre ses dents quelque chose à propos de la jeunesse insolente d'aujourd'hui. Elle ne pouvait pas comprendre. Mo et moi avons sauté au bord du chemin, devant la haie de sang-dragon qui cachait l'immensité de la bananeraie où travaillait Man Ya. On apercevait l'entrée du hangar dans lequel se faisaient le tri, l'emballage et le chargement des bananes dans les énormes conteneurs qui prenaient la direction de la France. Souvent, à la Cité, en mangeant une banane tiquetée, je me disait que, peut-être Man Ya l'avait touchée. Je fermais alors les yeux pour revoir ses vieilles mains aux doigts tordus.

Tout d'abord, j'ai vu Laurine. Dans la cour, notre cour. Elle était assise, le nez en l'air, sur le même banc qu'avait connu mon postérieur. Sentant une présence, elle nous a jeté un coup d'œil distrait avant de retourner à sa contemplation céleste. Puis, comme dans les dessins animés où Tom se rend compte qu'il vient de passer devant Jerry sans le croquer, Laurine a réalisé que sa vieille copine ne se trouvait plus à 7000 km mais bien là, en chair et en os, à deux pas d'elle. Sa bouche s'est arrondie en un O de muette stupéfaction et, au lieu de venir à ma rencontre à la façon d'une personne sensée, elle a couru dans la direction opposée criant mon nom et celui de Man Ya. Automatiquement, j'ai tourné la tête vers la case de ma grand-mère. Elle était là, sur le pas de sa porte, pareille à une magique apparition. Pareille à un rêve réalisé. Pareille à la même grand-mère que j'avais quittée il y a si longtemps... Man Ya est la seule personne qui m'appelle Féfé. Quand le doux surnom est sorti de sa bouche, j'ai frissonné comme dans un jour d'hiver et deux petites larmes ont mouillé mes joues.

— Féfé ! Féfé en mwen ! Ki jen ou fè pou rivé jis la, Féfé ? Ah doudou ! (1)

Je l'ai embrassée. Sa joue était molle et douce. Mo s'est présenté avant de lui assener un de ces baisers qu'il donne à madame Fathia.

— Nous sommes venus avec notre classe, Man Ya.

— J'avais jamais vu la mer ! a déclaré Mo comme une injustice enfin dénoncée.

— Pov pitit ! ponctua Man Ya en lui caressant les cheveux.

_____

(1) Comment as-tu fait pour arriver jusqu'ici ?

— J'ai une lettre de maman. Pour toi. Elle viendra peut-être l'année prochaine avec papa Jo et Mimi, mon petit frère.

— Ta maman ! s'écria Man Ya. Tu es bien sûre ! Quand elle est partie, il y a dix ans de ça, elle a juré qu'elle tournait définitivement son dos à la Guadeloupe, qu'elle partait au pays des bonnes gens... Tiens, c'est étrange j'ai rêvé d'elle, à la pleine lune, le mois passé... Allez, allez, lis-moi ça un peu.

Sa voix tremblait.

Très chère maman,

Après ces années de silence, ne sois pas trop étonnée de recevoir cette petite lettre. Tu sais, la jeunesse est un peu la cousine germaine de la déraison. A 20 ans, on rêve sa vie en écartant l'expérience des aînés. J'étais fière. Je me disais que je connaissais plus de choses que toi puisque je savais lire et écrire le français. Je croyais que tu voulais m'empêcher de vivre. J'ai compris aujourd'hui. Sache que ces années de silence amassés entre nous, hautes comme un morne broussailleux déserté par les hommes et les oiseaux, me pèsent autant qu'à toi. C'est grâce à notre Félicie que j'ai réalisé que la parole vaut mieux que toute forme de silence.

110

Baisers à toi de la part de Jo et Michel.
Ta fille qui t'aime,

Aurélie.

Si Laurine, ramenant sa mère, n'était pas revenue, je crois que rien n'aurait pu nous tirer de l'état de joyeuse béatitude qui nous tenait pétrifiées au milieu de la cour, un léger sourire flottant sur nos lèvres.

Après le déjeuner — poisson-chat en court-bouillon accompagné d'igname et de madère — que Mo, servi comme un prince par Man Ya, a avalé sans une grimace, nous avons marché dans les pas de Max et Laurine jusqu'à la plage. L'après-midi était douce. Nous avons couru derrière des crabes, pillé les amandiers du bord de mer et nagé, nagé vers les voiliers qui se croisaient au large. A cinq heures, le père de Laurine est rentré de sa pêche. Au fond de son canot rouge et blanc baptisé Concorde, des poissons roses et verts et bleus se contorsionnaient dans une dernière danse avec la vie. Vers six heures, le ciel s'est assombri d'un coup. J'avais presque oublié que la nuit venait si tôt de ce côté du monde. Mais rien n'arrachait Mo à la magie des vagues. J'ai dû le supplier pour qu'il me rejoigne. Il voulait regarder encore et encore les paquebots illuminés qui passaient sur le fil de l'horizon. Il voulait sentir sur sa peau la couverture tiède de la mer. Pour tout dire, nous avions oublié notre fugue. Nous ne pensions plus à mademoiselle Bernichon, à nos copains de classe. Nous étions pareils à de jeunes animaux élevés en captivité qui, soudain rendus à leur milieu naturel, retrouvent d'instinct les gestes de la liberté.

A notre retour, à la nuit tombée, Man Ya était un peu inquiète.

— Féfé ! Faut pas rester dehors tard comme ça ! Tu veux que les zombis te prennent !

Une bonne soupe de pied de bœuf nous attendait. J'avais l'impression de vivre un rêve. Après le dîner, nous nous sommes couchés tout naturellement dans le grand lit, de part et d'autre de Man Ya, nos têtes enfouies dans ses aisselles odorantes. C'était comme si je ne l'avais jamais quittée. D'ailleurs, elle n'avait posé aucune question sur la durée de mon séjour, à croire que le temps et son chapelet d'heures n'avait plus d'importance pour elle. A chaque inspiration, j'aspirais une goulée de son odeur. Un savant mélange de savon de Marseille, d'eau de Cologne, de sueur et de vieillesse, formait un nouveau parfum plus enivrant même que le bonheur géant de me retrouver dans l'antique lit en fer forgé piqué de rouille. Ce lit qui avait partagé mes rêves et cauchemars, et soupiré avec Man Ya à cause de quelque fièvre qu'elle chassait en concoctant tisanes de secrète composition. Oui, plus que tout, ce parfum qui sommeillait au creux de la couche symbolisait mon enfance en Guadeloupe.

Au matin, Mo a couru jusqu'à la plage avec Max, le frère de Laurine. Sa chemise voletait dans son dos semblable à la cape de Zorro. Max, dépassant Mo d'une tête, poussait devant lui une énorme chambre à air toute rapiécée. Ce matin-là, je n'ai pas quitté la case. Avec Man Ya, nous avons causé de nos deux années de séparation. Je lui ai raconté la Cité et elle m'a narré les événements qui avaient pimenté la vie de Haute-Terre pendant mon absence. Nous avions tant à nous dire que midi est arrivé d'un coup sur nous. Quand Mo est revenu, juste pour mettre les pieds sous la table et dévorer son déjeuner ; il pensait déjà à repartir traquer les crabes de terre avec Max. Je lui ai proposé une partie de rivière. Il a rejeté mon idée d'un revers de main.

— Ah non ! pas aujourd'hui ! Faut qu'on aille après les crabes... ça rapporte, tu sais. Max les vend au bord de la route... ça lui fait de l'argent de poche.

J'étais jalouse de Max, mais je ne voulais pas gâcher la joie de Mo, alors j'ai souri en disant :

— T'en prendras quelques-uns pour nous ! Man Ya les préparera dimanche.

— OK ! OK !... Au fait, le doukoun ! elle le fait quand ?

C'est le dimanche des Rameaux que mademoiselle Bernichon nous a retrouvés. J'avais occasionnellement pensé à ce moment. J'imaginais qu'elle serait arrivée, la mine sombre, escortée de quatre gendarmes en shorts kaki. Des reproches et des menaces plein la bouche. Mais non, elle était seule, débarquée d'un car. Toute dorée par le soleil, portant un débardeur rose, une courte jupe-culotte blanche, des espadrilles roses et des lunettes noires. Elle marchait, l'air tranquille de quelqu'un assuré que ses pas le mèneront directement au bon endroit. Ses cheveux blonds avaient pris du volume et encadraient joliment son visage. Elle ressemblait un peu à ma poupée Barbie que j'avais laissée assise sur mon lit pour sourire à Mimi s'il entrait dans ma chambre.

C'était le matin, neuf heures tapantes. Mo avait déjà filé sur la plage dans le sillage de Max, toujours à la poursuite de quelque crabe. Max était assurément un professionnel. Mais la concurrence devenait de plus en plus rude. A partir de sept-huit ans, les garçons commençaient fiévreusement à fabriquer des ratières pour capturer les crabes de terre, ou bien s'enfonçaient jusqu'au nombril dans les eaux boueuses de la mangrove, traquant les crabes babèt pourvus de longs poils soyeux. Les aînés, bien entendu, avaient une vaste expérience et un solide savoir-faire. Ils écumaient les plages. Max, quant à lui, ne pourchassait que les crabes de terre aux carapaces jaunâtres parfois striées de rose, les préférés des cuisinières. Il les gardait dans un vieux fût. Il leur parlait comme à des animaux domestiques en leur jetant des bananes vertes, du pain rassis ou des restes de nourriture. Une fois par jour, il sélectionnait cinq ou six crabes, selon la grosseur, les attachait entre eux avec une ficelle et se postait au bord de la route. Les crabes ne moisissaient pas au bout de la gaulette. Les automobilistes freinaient sec à la vision des bêtes aux gros mordants. Les pneus criaient en même temps que surgissaient des portières les billets des amateurs. Mais c'était Max, souverainement, qui choisissait ses acheteurs, à leur bonne tête. En vérité, ils se défaisait des crabes avec difficulté, par pure nécessité. Il ne voulait pas qu'ils tombent en de mauvaises mains, même s'il savait pertinemment que l'issue fatale était la casserole. Cinquante francs par paquet de six, c'était bon à prendre... Il avait, serrée chez lui, une cassette remplie de billets de cinquante francs. Un jour, il achèterait un vrai vélo de course, peut-être le même que Greg Lemon. Il possédait déjà une bicyclette d'un modèle courant sur lequel il s'entraînait quotidiennement. Mais, quand il parlait de son futur vélo, il s'enflammait instantanément et, dans, ses yeux, le vélo rêvé étincelait comme les chromes d'une Rolls Royce. Par contre, il se donnait les moyens de concrétiser sa passion pour, un jour peut-être, toucher du bout des doigts son rêve...

— Et toi, Mohamed, c'est quoi ta passion ?

Mo, pour qui les immeubles de la Cité avaient toujours barré la ligne de l'horizon, avait su le nom de sa passion, à l'instant-même où il l'avait vue derrière le hublot du Boeing 747... «La mer, Max. C'est la mer, ma passion».

— Comment tu feras, là-bas, en France ?

— J'sais pas. Peut-être que je pourrai devenir maître-nageur. Je crois qu'il y a des écoles pour ça là-bas. Tu sais, ma grand-mère Fathia m'a toujours raconté que mes ancêtres vivaient dans le désert du Hoggar, que le sable était leur royaume. Les Touaregs, qu'on les appelait. Y'en a encore, vrai. Ils passent leur temps à aller et venir dans le désert. Sans jamais trouver le chemin de la mer. Ça t'paraît pas étrange, Max ?

— Est-ce qu'il y a des crabes dans le désert ?

— J'sais pas. Ma grand-mère dit seulement que désert c'est le plus grand colonisateur du monde, celui qu'on pourra jamais repousser. La tempête souffle sur le sable et le désert avance. Il prend les villages les uns après les autres et chasse leurs habitants. Peut-être bien qu'un jour le monde entier ne sera qu'un désert géant...

— Le Bon dieu voudrait pas ça, Mohamed. Eh ! une question. Tu crois pas qu'on pourrait trouver des crabes dans le désert ?

— J'sais vraiment pas. Peut-être que oui. Y'en aurait beaucoup alors. Des millions, des milliards.

— Ouais. En une seule journée, j'en ramasserais assez pour acheter mon vélo de champion...

— Tu te perdrais dans le désert, Max. Ma grand-mère dit qu'il est si grand qu'on peut aller

116

à dos de chameau, des jours durant, avant de croiser quelqu'un. Elle dit qu'un homme seul dans le Hoggar est un homme mort qui a cru voir mille oasis dans un rayon de soleil.

— Est-ce que tu vas rester ici, Mo ?

— On est venus avec notre classe et le prof de français. On s'est sauvés parce que Féli ne voulait plus attendre pour voir sa grand-mère.

Mademoiselle Bernichon qui écoutait les paroles sages de Man Ya ne les vit pas arriver dans la cour. Mo marchait de guingois, voûté sous le poids d'un sac de rafia grouillant de crabes. Bien malgré moi, un sourire étira ma bouche. J'étais comme une maman qui regarde avec fierté son fils et découvre soudain combien il a grandi. Le matin-même, Man Ya lui avait demandé pourquoi il passait tout son temps dehors, moitié dans la mer et moitié dans les pas de Max à la poursuite des crabes blancs. En peu de jours, il était devenu plus noir que moi, à force de marcher torse nu du matin au soir. Est-ce qu'il n'avait pas envie de s'asseoir un peu, avec nous, sous le manguier de la cour, ou prendre un petit repos. Man Ya ne se rendait pas compte que Mo n'avait pas une minute à perdre. Il avait trois semaines, pas un jour de plus, pour profiter de la Guadeloupe. Dès qu'il l'a vue, Mo s'est raidi. Il ne savait pas encore que mademoiselle Bernichon, après avoir longuement discuté avec Man Ya, acceptait de nous laisser passer cette dernière semaine à

117

Haute-Terre. Il a tout de suite attaqué :

— Vous êtes venue nous chercher ?

Mademoiselle Bernichon a souri :

— Vous avez fugué, n'est-ce pas ? Même si c'était pour la bonne cause, ce n'est pas chic d'avoir agi ainsi. Heureusement que tout le monde connaît Man Benjamin ici. Félicie, c'est son pays, je comprends ça ! Mais toi, Mohamed Ben Doussan, le chevalier servant, tu vas rentrer avec moi, hein !

Tête baissée, Mo contemplait avec un intérêt démesuré ses orteils aux ongles teintés de boue, tandis que son index, agile comme un ver, s'enfonçait dans son oreille pour y déloger l'eau de mer. Quand il posa son regard sur elle, dans le silence de la cour, mademoiselle Bernichon vit la folie de sa requête.

— Bon, tu n'as pas l'air d'accord. Eh bien, je te laisse avec Benjamin Félicie.

Elle se leva.

— Il faut que je retourne auprès de vos camarades. Je viendrai vous chercher mardi matin. N'oubliez pas qu'on s'en va mercredi...

Elle nous a tous embrassés et puis s'en est allée, ses blonds cheveux flottant sur ses épaules. Bouche ouverte, Mo l'a regardée disparaître comme le dinar de son rêve avalé par le tourbillon de sable.

Il n'y avait pas de cloches enrubannées, pas de cocottes en chocolat, pas d'œufs déguisés ou peints minutieusement, comme au centre commercial de la Cité. Seulement des crabes. Partout. Au bord des routes, sur les marchés, dans les barriques. Des gens les préparaient en kalalou (1), d'autres en matété (2) ou en colombo (3), avec des dombré (4), du fruit à pain, du riz... Mais tout le monde en mangeait. Les couvercles des canaris cachaient de gros mordants et des pattes à sucer longuement, les yeux fermés. Man Ya est une spécialiste du kalalou. On mange les crabes au bord de la mer, de préférence. Les plages sont prises d'assaut. Difficile de trouver une place où poser les fait-tout énormes, déployer les bâches, étendre les nattes, déplier les chaises longues et installer les grands-mères à l'ombre. Robert et Titi, les parents de Max et Laurine, avaient fait le nécessaire. Nous étions près des canots, sous un bel amandier ouvert comme un parasol. Après avoir joué dans l'eau toute la matinée, affamés, nous nous sommes régalés du kalalou. Mo, qui n'avait jamais goûté la moindre pince de crabe, en a même redemandé goulûment. Ça ne m'a pas étonnée. Il se jette sans appréhension sur tout ce qui sort des canaris de Man Ya. Seuls les lou-

(1) Kalalou : plante dont les feuilles sont potagères.
(2) Matété : riz et crabe blanc.
(3) Colombo : sorte de curry hindou.
(4) Dombré : pâte composée de farine et cuite à l'eau.

koums de grand-mère Fathia lui manquent un peu. Moi, c'est parce que mon ventre n'en pouvait plus que j'ai laissé du riz dans mon assiette. Le papa de Laurine m'a dit, en se frottant le ventre :

— Vant pété, manjé pas gaté ! (1)

Après le déjeuner, Mo qui n'arrivait pas à tenir en place, m'a proposé une promenade sur la plage. Repu, Max ronflait sur une natte et Mo, même ballonné par deux platées de kalalou, refusait de perdre son temps dans une sieste. J'ai pensé qu'un peu de marche faciliterait la digestion. Alors, je l'ai suivi. Il y avait une belle ambiance sur la place. Ici, des hommes jouaient aux dominos gesticulant et parlant haut, pendant que des femmes babillaient en rassemblant les assiettes sales. Là, d'autres commençaient tout juste à se servir un matété où les pinces énormes surgissaient pareilles à des bras de robots monstrueux de la masse d'un riz compact. D'un côté, des enfants s'extasiaient, le nez en l'air, sur la course d'un cerf-volant, tandis que d'autres se baignaient en poussant de grands cris.

— Allons-y, Féli !

— Et la digestion ? Avec tout ce qu'on a mangé, on va couler à pic...

— Mais non ! on va rester au bord, trouillarde !

(1) Vant pété, manjé pa gaté : que le ventre pète, mais ne gaspillez pas la nourriture.

120

— OK ! OK ! t'auras ma mort sur la conscience et, à cause de toi, le prof ira en prison...

— Allez, viens ! Son corps entier avait déjà disparu dans une vague. Je me suis demandée si c'était ça un grand Amour. Un appel irrésistible... Oui, Mo était tombé amoureux fou de la mer. Le vrai coup de foudre. Il fallait le voir plonger, nager, sauter et bondir dans les flots, disparaître à droite pour émerger subitement à gauche, tour à tour poisson volant, chat, congre, dauphin, requin. Je l'ai rejoint, bien sûr... L'après-midi s'est écoulée ainsi. Petit à petit, les familles s'en allaient. D'un air maussade, certains achevaient de replier les bâches qui avaient donné de l'ombre toute la journée. D'autres entassaient les canaris dans les voitures. Des mères appelaient leurs enfants qui jouaient encore dans le sable. J'en vis une soulever son petit garçon pour faire semblant de le jeter au ciel. Ils riaient tous deux. La vision de maman, Mimi dans ses bras, entra d'un coup dans ma tête... Mon cœur frissonna.

Quand nous sommes revenus du bain, Man Ya nous attendait avec son fameux doukoun à la confiture de coco. Après trois ou quatre mastications, la bouche pleine, Mo a déclaré que les loukoums de sa grand-mère n'avaient rien à voir avec ce gâteau épais et lourd. De dépit, j'en ai repris trois fois.

Nous avons passé cinq jours à courir sur la plage à nager, manger du poisson et cinq nuits à dormir de part et d'autre de Man Ya, semblables à deux oisillons sous les ailes maternelles. Puis, mademoiselle Bernichon est venue nous chercher. Mohamed et moi nous étions promis de ne pas pleurer. Mais nos yeux, pleins d'eau, brillaient intensément. Man Ya était sereine. Le matin de notre départ, je lui avais frotté les jambes longuement avec la pommade verdâtre et visqueuse qui sortait comme un serpent du tube à moitié vide. Ses doigts s'amusaient dans mes cheveux.

— Tu reviendras bientôt voir ta vieille Man Ya, Féfé... Tu pars encore une fois mais, en vérité, j'ai compris que tu n'as jamais quitté cette case où nous avons partagé tes premières années. Chaque jour, je te voyais à mes côtés. Ou bien sur la route, venant à ma rencontre. J'entendais tes belles récitations. Et, chaque nuit, je sentais ton petit corps chaud dans la couche. Tous mes rêves naviguaient vers toi. C'est pourquoi, vois-tu, mon cœur n'a pas lâché quand tu es apparue, l'autre jour au bout du chemin. Vrai, Féfé ! tu ne m'as jamais quittée...

— Quand j'étais là-bas, je pensais très fort à toi, Man Ya.

— J'ai toutes tes lettres là, dans ma vieille cassette en fer blanc et tes photos aussi. Tu es mon soleil, Féfé... C'est pourquoi, vois-tu, il ne faut plus craindre les kilomètres qui vont nous séparer.

Rien n'empêche le soleil de briller sur toute la terre, pas même le temps qui passe, la misère des hommes et les guerres...

Quand j'ai rapporté ces paroles à Mo, il m'a dit que Man Ya valait, en sagesse, sa grand-mère Fathia. Et, je ne sais pourquoi, mon cœur était moins lourd au moment des au revoir...

Dans l'avion du retour en France, mademoiselle Bernichon nous a énuméré toutes les visites et excursions qu'on avait ratées : les Roches Gravées par les Arawaks à Trois-Rivières, le musée Edgar Clerc qui recelait les trésors et reliques des Caraïbes, l'escalade de la Soufrière... Mais au fond d'elle-même, je suis sûre qu'elle savait bien qu'on s'en fichait, qu'on n'avait aucun regret. Notre semaine passée entre la plage de Haute-Terre et la case de Man Ya valait mille circuits touristiques ! A la fin du film, «L'Espion qui venait du froid», Mo m'a dit :

— Tu sais, Féli... j'ai une passion... comme Max. Lui, son rêve, c'est participer au tour cycliste de la Guadeloupe, devenir un grand champion. C'est pour ça qu'il passe son temps à attraper, nourrir et vendre des crabes pour s'acheter un vélo qui coûte au moins un million ! Ma passion à moi... c'est la mer. Je crois que je vais essayer de devenir maître-nageur, Féli. J'voudrais apprendre à d'autres à aimer la mer. Quand je l'ai vue, la première fois, mon cœur a battu fort, fort...

Tu crois que je pourrai devenir maître-nageur, Féli ?

— Je crois que t'es bien parti pour réussir, Mo.

— T'as une passion, Féli ?

— Ouais, c'est un secret.

— Allons, j'dirai rien à personne...

— Bof ! C'est pas vraiment une passion, tu sais. J'écris. J'écris tout ce qui m'arrive... J'ai un cahier pour ça.

— Tu parles de moi ?

— Ouais !

— T'es super, Féli !

Mo m'a tirée du sommeil peu avant l'atterrissage. Je m'étais endormie, serrant dans mon poing ma médaille de la Guadeloupe, mon papillon d'or. Orly avec ses voyageurs blasés ou surexcités. Mademoiselle Bernichon comptant et recomptant ses élèves. Et puis, au bout du couloir, maman et papa Jo, Mimi sur son épaule, les yeux écarquillés, la bouche fendue en un sourire... Mon petit frère Michel, fou de joie... Mon Mimi qui criait : «Mo ! Mo ! Mo !» pareil à un bonhomme qui a autrefois vécu parmi les Martiens et qu'on n'a jamais cru. Dans ses cris, il y avait une vraie libération, l'assurance qu'il n'avait pas été le jouet d'une hallucination. Mo ! Mo ! Mo ! C'est ce jour-là que maman et papa Jo ont compris le fameux Mo ! qui les avait tant de fois jetés dans une terrible perplexité. Quant à nous deux, trahis

124

par Mimi, nous nous sommes regardés comme deux voleurs pris la main dans le sac et nous avons éclaté de rire.

COLLECTION

Sépia Poche

(l i t t é r a t u r e)

Derniers titres parus

- Cheik Aliou Ndao, *Excellence, vos épouses !*, 192 p. (roman).
- Aminata Sow Fall, *L'Appel des Arènes*, 160 p. (roman).
- Abdoulaye Elimane Kane, *La Maison au figuier*, 224 p. (roman).
- Collectif, *Funérailles d'un cochon et 13 autres nouvelles*, 256 p.
- Collectif, *Les Coupons de Magali et 13 autres nouvelles*, 256 p.
- Francis Bebey, *L'Enfant-pluie*, 160 p. (roman).
- Mandé Alpha Diarra, *La Nièce de l'Imam*, 256 p. (roman).
- *Fables choisies de La Fontaine*, illustrées par Alphonse et Julien Yèmadjè, présentation de Jean Pliya, 192 p.
- Collectif, *Les Cauris veulent ta mort et huit autres nouvelles du Niger*, 128 p.
- Collectif, *Les Travaux d'Ariane et 15 autres nouvelles*, 256 p.

- Germano Almeida, *Le Testament de Monsieur Napumoceno da Silva Araújo* (traduit du portugais, Cap-Vert, par Edouard Bailby), 160 p. (roman).
- *Aimé Césaire pour aujourd'hui et pour demain*, textes choisis et présentés par Guy Ossito Midiohouan, 192 p. (anthologie).
- António Aurélio Gonçalves, *Nuit de vent* (traduit du portugais, Cap-Vert, par Michel Laban), 256 p. (nouvelles).
- Amadou Koné, *Les coupeurs de têtes*, 192 p. (roman).
- Manuel Lopes, *Les victimes du vent d'est* (traduit du portugais, Cap-Vert, par Marie-Christine Hanras et Françoise Massa), 256 p. (roman)
- Moussa Mahamadou et Issoufou Rayalouna, *Anthologie de la littérature écrite nigérienne d'expression française*, 224 p.
- Abdulai Sila, *L'ultime tragédie*, 222 p. (roman)
- Xavier Orville, *Le parfum des belles de nuit*, 128 p. (nouvelles)
- Abdoulaye Elimane Kane, *Les magiciens de Badagor*, 192 p. (roman)

Impression réalisée sur les presses de

BUSSIÈRE
GROUPE CPI

à Saint-Amand-Montrond (Cher)
en avril 2002

— N° d'imp. : 21976. —
Dépôt légal : mars 1992.

Imprimé en France